奥山と七とくナイフ

秋野一之

Kazuyuki Akino

目次

奥山と七とくナイフ

きらきら、金砂のきらめきが、一大黄金色にまばやいている。お日様はどちらに行ってしまったか。冷える青い海原の、氷の陰になっているように、とても淡くて見えづらい。

「もう春なのね。雪の上にある春って、幻覚みたいね。目がちかちかする」

「忘れたのさ。僕達の光であり、雪であるのに」

「でも、これは現実でしょう?」

「そうとも、雪は冷たいでしょう。太陽もまぶしいでしょう。頬をつねって御覧、とても痛い筈だ」

「では、イタヤがきっとあるのね」

「そうだとも、見て御覧、あんなに木があるではないか」

「そう? 嬉しい」

娘は飛び跳ねた。その度にさくさくと、ワニ革肌の金砂塗りの皮ふが破れて、黄銅色の臼になった。娘はその中で金砂を混ぜていた。

「行こう。僕が来るのを待っているよ。あの木達は淋しいんですよ。木達は話せないんだから。僕達が話し掛けてやらなければ、何十年もだまったまゝなんですよ」

「本当ね。木って偉いわ。わたし達はすぐにぐちをこぼし、泣くでしょう。それなのに何十年も沈黙したまゝなんて。でも、あんなに多いと、それも恐しい力か知れないわ。そんな想像をすると、わたしは怖い。もっとロマンチックだと思ってるから」

軽々と歩くと、金砂が今にも禿げ落ちそうな金きら盤は、しっかりと二人を乗せてくれた。踊ったりすれば金砂のすり鉢に陥るけれど、合づち程の意気込みは、光沢を添え、人影を留めない。はり詰めた空気は漂いつつも、その盤を支えている季節は、ちょっとしたはにかみになる。

二人の前には切り株が現われた。

「あら、これも何十年前のかしら」

そして跳び、傾斜のもろいやわ肌で、煙立つ金砂の臼にはまった。

「助けて！」

太ももまで粉に埋った。

「ははあっ。喜ぶからさ。雪は同じでも、れい子さんが変わったのさ」

「だって懐かしいではない？　昔のまゝなんて。わたしは忘れちゃった」

金砂を振り撒き、舌滑ずりもする。唇に付着しているのは、砂金の粉。娘はその中に埋っている。

男が近寄り、腕を握ると、どうであろう、男も腰まで砂金詰めとなる。

「あなたまで落ちてしまって、こちら側が軟いのまで忘れたのね。それともはまりたかったのかしら。こんな澄み切った雪原で抱き合えるなんて」

娘は男を放そうとしない。男は娘に任かせて倒れ、唇を自由に滑め尽す。二人は砂金に埋れるのか。いや、恋人が浮く程に固まっている。

無風、ゆるまずに訪れている雪原の春、山の木が語り、素直に教える地の上の雪。均衡、すみやかさ、これが今時を宣げている。娘と男はこの雪がさらさらと堅く、きらめきを保つのを知っている。額のも、ずり降りて行く。息も金砂となって落ちている。

「行こう。楽な内にさ。きっと待っているよ僕達の来るのをね」

そう言いつつも男は切り株にゴム靴で登り、はるか昔の樹々を眺める。でも黙っている。話したいのは男らしい。

「覚えている木があって?」

「まだまだ。別れの後姿ですよ。誰であるのかはわかるけど、顔型や、笑窪はとても」

「とてもロマンチックね。わたし達にはもっとすてきなものが要るのね。今日はよかった。二人以上の相手があって」

見上げる娘をも引いた。跳ねるように早く切株に二人は立った。砂金はさらりと消えていた。

「すてき!」男をも同時に叫ばせた。そして二人ともに金砂の原へはまり、抱き合った。

二人を樹々は待っている。あのイタヤはどうだろう。二人は抱擁の温さを金砂の原に譲って、きらめく盤にさっと身を預けた。

「どう？　あの辺りかしら。それともこの笹の陰」

「わからない。でもイタヤはあるよ。あんなにあったでしょう。れい子さんを連れていってくれたでしょう」

「あの時はただ山へ行ったのよ。そしたらあの甘いつゆが滴っていたのよね。わかってるわ。あの時は山とも思わなかった。いつでも行けたんですもの」

「そうそう。れい子さんは僕んとこの子みたいだった。山も自分達のみたいだった。でもちょっと怖かったのを覚えてるかい」

「うん。山の神がいるってのと、熊でしょう？」

若い男と娘を金砂の原に置いては、いつ話が尽きよう。そして澄めば澄む程、童心に返るのを。あの豊満な熟れた身と健かな活動にどんな煙が留まっていられよう。如何なるばい菌が生きられよう。朝日があのように澄み切って雪原を射るならば、邪悪な生も絶え失せよう。幾筋にも金糸を張りめぐらせている。その綾を織るのは誰であろう。少くもあの若者に織らせたい。沈黙と厳かな中に、さっと笑いかけている、綾をたぐって登るのは誰であろう。やはり若者がかけ足で一揮に着くと思いたい。

聞える。春のみか、そこには若者の追う鳥が鳴いているのを。それが夜の鳥であったりしようか。

昼のただれくずれる、雪面であったりしようか。ここで叫べば遥か異邦にも届くこの盤上で、望むのは若者の高らかな叫びであろう。一声が詩になり、恋になり、来世への架け橋にもなり、若者は連なり続けよう。

その二人には何かが聞こえている。肩も組まずに済むのは、この盤に足を預けている清潔感ではなかろうか。幼い頃のイタヤを求めて山に向かうなんて。　楽しみは数々あろうのに、北限に近い地を訪ね、樹液にあり付こうとは。

藪に入り、ひょろひょろと流れる川を渡ろうとしている。

「全て大丈夫ね。わたし達のために、にわかこしらえされたみたい」

川に横転している大木を伝って行く。

「ヤマメがいるかしら」

「いると思うよ。それよりか、ドンコでしょう。きっと見える筈ですよ」

一緒に渡る自然の橋。向かいは急斜面の山になる。底の小石、水あかもはっきり映る流れを、くい入る目で探りつつ、また金砂盤へと足を連ねる。直射を迎える山肌。ひだ付のガラス面。もうそこはイタヤが散在する懐かしい山となっている。

するすると引き寄せられ、エスカレートに乗る光景の娘と男。光りは持てる全てを贈る構えとなる。この時にこそスポットライトを求めていた如く。二人にも時間の区切りは与えられ、忘れると雪どけの中に立つ男女とはなる。それにしてもすばらしい蜜を取ってもらいたい。

「この生えよう、独得ね。何と形容すればいいのかしら。野兎が走って来そう。わたしもっと若くなりたいわ」

「子供でしょう。僕達はあの頃の二人さ。ちっとも成長してないよ。いる、きっと現れる。いつか捕らえよう。すぐに、齧じられた小枝と、豆粒糞がみつかる」

「そうね。あのルビー色の目、速い足、きっと挨拶に来るわ」

「逃げるよ。れい子さんのは飼い兎さ。あれはかわいいけれど、野兎は野性のすばしこさで僕達を魅了する。目の玉も確か茶色だったよ」

枝をしならせ、木の芽をつぐ。水木の葉を撫でガンピの皮に触れ、白粉を我が服になする。娘は幾年もあの頃の子供をはぐくんでいる。男も背高のエゾ松を仰ぎ、無辺に伸び切っているナラの大木に思いをはせ、静かで気品に富む白樺に詩情を注ぐ。はち切れるばかりのガンピ、それは男の胸を騒がせもする。自然の美しさ、自然の中の生命、誰がうち勝てよう。澄んだ愛の告白になっている。男はやさしく見やって過ぎて行く。

ホウノキも木質の素地を気どりながら高くそびえる。美男の面影は今新たになる。近代的でシックさも備えている。雪を覆ったその様は、想像に余りあり、北国の風情を代表していたろう。オヒョウも雄姿を対照的に競っている。北国の百姓男が誇っている。そんな勇ましい枝ぶりに、男も感じいるのだろう。ふぶきの夜は、さぞ勇猛な叫びをとどろかせたろう。あの肝にも届く山鳴りは、山の勇者が守る声。山の神、死人の呻きとも言う。娘の中にも生きていよう。あの厳しい吹雪、あのうなり声。

それも今は全くの沈黙。しかも晴々として。柳は白綿を恥じらいがちにふくらませ、小鳥でも待つ構え。水木の紅色、小トド松の濃緑は正に子供の手の届く色。笹の葉、蔦、山ブドウが通りのために身を譲る。

「あったわ」求めるイタヤに差す指。

「うん、でもあれは無理だね。小さいし、そう取れないよ」

「惜しいわ。せっかく当てたのに、沢山あるかしら」

「あるとも、あんなにあったのを知ってるでしょう。一升ビンで何本も取ったりした。あれはおいしかったねえ。僕は覚えているよ。丁度イタドリを噛んだ味と、蜂蜜、トウキビの芯を噛む、そんなのがミックスしたのをさ。僕の舌には残っているよ未だに。あんたも同じですよ」

「味ばかりなのね。でも正直の話、しみ付いているのは感覚に直に入ったものなのね。ですからイタヤのあった位置なんて全然だわ」

男と娘、ここでは二人の娘でも二人の男でもよい。二人にあるものは、自然と自己の共存のみ。自然とは人の血のように生きており、若者はいつも自然で美しい。

樹々に酔いしれていても、男はより幼い頃の印象が強くまばたき、樹皮もしわしわの、枝を華やかに伸ばす。イタヤを射止める。

「これですよ。あったあった。これこそ本物のイタヤさ。子供の時に蜜をもらったのでは」

「そうね。すっかり忘れてるけど、少し滑らかな上体と、頑丈な胴体、これは知っている。でもあの時のとなると不確かかね。これでいいのでしょう？　あの樹なら喜ぶかしら」

やさしく、馬の首筋をさする手つきで、イタヤを親しみ深く撫でる。娘のすき通る指も樹の肌も、金砂の上では、あざやかに調和する。全てがピントの合う朝になっている。男はやはり全体を観察し、遠い昔を今に蘇らせる。暗い昔か、明るい過去か、暫く記憶に眠るかのよう。甘い蜜、冷たいザラ雪、遠くにはウグイスの美声があるように。

「どうかなさった？」

娘は誘う。

「ちょっとひとりで楽しんでたのさ」

「あら、何でも話して。わたしが居た？　何才ぐらい？　わたしを思うぐらい？　二人だけ？」

と跳ねる。そして臼にはまる。

「又助けるのかい。今度はそこに落ちていていいよ。そこで液を吸うといいよ。僕はストローも用意してるからね。遠い昔に落ち込むといいよ」

とは言うものの、男が落ちたも同然。首に両手で娘は引き吊られ、そのまゝ金砂の盤に横になる。腕をいっぱいに広げ、今度は娘が思いに耽ける。悪い思い出があろうか。邪に見えたりしようか。このあざやかな早春の絵の中にどんな汚点を記しえよう。どう動こうと、青い天蓋と金砂盤の構図に位置される。娘もそれは知っている。だからいつも存分にふるまいフランクになれる。

やがて起き、回想又回想。二人は昔を語る。

「どこかに傷があるかしら。あるといいわね」

「とても無理さ。もしあるにしても、ずうっと以前に、この樹皮の一部になり、年輪として隠れてる。古傷って人と同じさ。人だっていつも誇示するかい。いや、悔恨を露呈してどうして楽しかろう。ずうっと奥へと追いやってるのさ」

「ではこの樹は悲しんでいるの?」

その顔も朝日に輝いている。

「憶測さ。この地で恨みなんておかしい。そんなのはとうの昔に山神に連れ去られてる」

「そうよね。せっかく訪れたのにそれでは余りに悲しいわ。では頂きましょう」

七とくナイフを持つ手を娘は誘う。男は歌を口ずさみつつ刃を立てる。寒さで固められた身の堅いこと、若者のナイフはちょこなんと先を僅かに挟まれるのみ。二回三回、それもワニ皮なみにふしくれ立つ皮相を、かき落とすのに精いっぱい。男はたゆまずかき削る。金砂盤とのすき間に消え、あるいは盤にキツツキの飛び立った跡をも装う。

娘ははしゃぎ、男は尚歌う。七とくナイフは水案内。内皮を食めば、厳寒をも溶かす生々しさ。

「なぜかおいしそう」

「そうかい。僕はただ昔の匂いが胸に来るのさ。このナイフも手も、家の人、隣の人のようで」

「もう充分のよう」切り口に触れる。そして唇へ。

「もっと要る。これでは一番時間をくう」

「そう？　大ビンの場合も、切り口は小さかったと思う。一晩がかりや二日でしょう？大きく割いても同じよ。いづれにしても長く待つんですもの」

「そうさ。錐で一、二回回して置いていいんでしたものね。どちらでも、僕達は明日食べるのさ。このざらざら雪が、蜜になるんですものね。おいしいよ。雪も蜜もこの土地の味さ。今日は早いうちに天然の傷をみつけて、すばらしいクリームにあづかろう。きっとある」

男はナイフを折る。ストローがセットされる前に、娘が金砂を切口に押し付けては、口にする。男にも与え、木の匂いと喜ぶ。

「これでもいいのかい」口から吐く。

「この匂いと味は、この地のものよ。すてきだわ。例え味は違っていても、今はあの頃がわかるんですもの。通じているわ。わたし達はあの延長なのよ。イタヤの木へ向けて駈け、一升ビンを二本も三本も下げて帰る、大人の後を飛び跳ねている、あの子供なの。それだけですてきだわ。あの子供がわたし達なのよ。あの舌があり、足がある。失われたものがわたし達にあるのよ。あの味がするの。隣の人も父さん達もあのまゝあってよ。そんな世界広がるでしょう？　わたしにはよく見える」

「そんなに懐かしいのかい。では探そう。天然のクリームがあるよ」

太陽の昇り加減を計りながらも、自由に伸び伸びと駈け回る若者。この清らかで、あらゆる束縛から解放されているそう快さ、そして若さが加味され、それは発展、延長、未来のみが望遠される世界になっている。山鳥がいる。兎の足跡が金砂に点々と、鋳型になっている。娘の声がこだまする。こんなにはっきりと響するのを改めて知る。娘も男も聞き耳して、瞳が澄むではないか。

イタヤの傷している相手より、二人が山に魅了されてしまう。幾本イタヤに合えばみつかるかよりも、そうして探して歩くのが楽しみになっている。山スズメの鳴き声が明確で清閑な中で、何と心地良く響鳴することか。騒々しさ、安っぽさとはほど遠い雰囲気をものにしている。カラスも時折現れては鳴きながら飛んで行く。あの悪を呼び、呪いを呼びそうなしわがれ声にさえ、ここにあっては前方へ前方へと先に道を分けていく。明かりにも比する誘導の響きとなっている。高い所へ、そして広くに渡る音をかなでる鳥になる。遠い過去も現在も、未来までもが一つになっている一告げ人として。「ここはあなた方の山ですよ。その情緒を知る人の山ですよ。厳しさと美しさのある山ですよ」と語っているみたいに響き渡る。

「あったあった！」男の歓喜。

「本当！」抱き寄る。

感激に価する千金のつららがあった。老木が倒れて、イタヤの胴体を深く抉っていた。傷も生々しいその口から、つららとなって根本まで長い氷になっている。途中で滴ったのは分枝となって、金砂の上に水飴となって固まっている。

「すごいのね」娘は跪いて口をもって行く。

「どうだい。それこそ本物ですよ」腰をかがめる。

「冷たくてわからない」

「氷は駄目ですよ。その下にある雪が全部蜜でくるまっている。それはおいしくてすごいよ」

もったいなさそうに、水あめの底へ手をあてがう娘。

「危ないよ。怪我をする。靴でくだいて平気ですよ」

「貴重品よ」

「食べ切れないですよ。では僕がやる」

一足程遠巻きに踏むけれど、一帯が固まっている。男は高く跳ぶ。そして金砂の臼に落ちてしまう。

「これでいい。ここではがせばいい。大変なアイスクリーム、いやキャンデーだね。こんなのを食べていたら、仙人みたいさ。長生きする」

力いっぱい両手で持ち上げる男、はしゃぐ娘。二人は農夫にでもなった満足を味わう。

「食べましょう。そのさくさくした部分が欲しいわ」待ちかねて一番底の、蜂の巣状の氷雪をかいて、早速頬張る。

「本当においしい。こんなのって初めてね」

「どれ」男も。

「初めてだ。子供の時はただなめていたけれど、今度はこの味がわかる。これはどこにもない味ですよ。初めてのものさ。昔の味は連想から生まれるんですね。これこそ本物さ。これはあの味と、僕達の今ある舌に込められている、味覚への興味が成せる、最高の趣好によって作られるもんですよ」

膳でも持つ格好で、もたげたまゝ噛みしめている男。彼にはどんな作為と言った類の、世界が必要であったか。自然の中に生きる類になっていた。奥地の子。山奥の人間であった。

「冷えるわ。どうしたの。上んなさい」

金砂盤に乗り、老木へと運ぶ男。文物に染まり、自然に接した若者との、接点にある調和こそ、今ほとばしる若者の精気と快活さとなって、雪景に優る生命を誇っている。

「これ見て御覧よ。こんなにおいしそうに密着してるんですよ。ザクロみたいな連なり様と、カルメラの底にそっくりさ」

娘も老木にもたれる。

「そうね。でも、どうしてカルメラが出るの。康男さんも小さい時に食べましたの?」

「あなたは家で食べなかったのかい」

「なかったと思うわ。母が作ってくれたのは知ってるの。苦いくらいに甘くて、ちょっと忘れがちだわ。あの苦さが残ってるのね」

「重曹の効き過ぎさ。僕にはあの舌を奪われそうだった甘さが、残っているね。甘さで記憶にある一つですよ。あとはせいろでふかして作った、あの黒砂糖の入った饅頭と、ココアの甘ささ。いずれも甘かったなあ。饅頭にとろけている、黒砂糖の甘さと言ったら、痛い程甘かったね」

「どうやら、康男さんには甘味と黄銅色に縁がありそうね。三つとも褐色よ。きっと野兎も好きでしょう」

そう言われる男は、一匹の兎をかかえている錯覚になったのでは。あの頃の娘も脇にいる。色を変えた夏の野兎に似てくる。

「そうだね。そうですよ。これは兎ですよ。かわいそうだったねえ。手に取れるのは、いつも罠にかかった、真赤な血をふき出している兎だった。自慢げに持たせてくれるのを、僕は兎みたさに受けたものさ。凍って棒を掴んでいるようなのに、目はとてもきれいでね。美しいが故に怖かった」

兎にみたて、樹液が凍った雪塊をいろいろ持ち変える男。彼はやはり若男の観察をしている。幻想と詩情が渦巻いていよう。

「止めましょう。兎の血を考えながらこの蜜を頂くのでは、生臭さに変質してしまうわ。こんなにおいしそうに蜜が造型されてるんですもの、どんなにすばらしいかしら。コックさんのこしらえた、飾りケーキなど及ばないでしょう。早くくずしていきましょう?」

気泡の花と咲いている氷を拳で落とす娘。手の平を受け皿に、幾度もザラメのような氷雪を口にする。男の口にも分け与え、さくさくと噛む。そこには二人の顔が、笑いが、そして静寂も。いずれも朝日に焼き写された輝きを持っている。男は膳もろ共食べ込む如く、かじったりする。落ちこぼれも増え、蜜の成す創型も肩がくずれ、足がもつれて、死の兎とはなっている。

「もっといけます?」捨てる構えで言う。

「歯にしみ始めてるの」

その一声で死に態の氷塊は、ぱったり男の手袋よりずり落ちる。金砂盤にひびを跡すもならずに「かさ」ところげている。娘と男の視線がその一点で結ばれる。

「どんな味に?」娘が。

「あの味はしましたよ。覚えている限りの味はね。でも無理のある押し付けがましいものだったよ。あの頃のに戻そうとしているんです。ひたすらおもしろさのみにあった心境に、帰ろうとしてね。あの時は味わったりしていたと思いますか。ただ大人の後を追って歩いていたのです。欲しいのは密よりも、この空気よりも後を追って駈ける、それでした。ですから、今、現実、あのイタヤの木に会い、固雪に溶けている、雪ザラメを舌に乗せたところで、その味は完全に異物になってるんです。でもすばらしい」

「わたしも。木の匂い、とても淡いブドウ糖みたいな甘さ、この冷たさ、感激してしまった。ここまで来て、もう何も要らないとも言えるわ。これはたった今のわたしにある実感。これを超えようとすると、あなたのように忘れている味に未練が起きるの。それは淋しいわ。あの頃は子供で良かったんですもの」

「しかし良かったね。遠くまで訪ねて、幼い頃に飲んだ、イタヤの蜜に思いをはせられるんです。山川は変わらず、僕達も芯は同じで脱皮を繰り返していたのさ。自然はすばらしい。生きているってすばらしいことさ」

イタヤの木を仰ぎ、ぐるりと横ずりして歩み、肩を組む。セットされているストローの滴をみつめ、生きた証に感嘆する。透き通る滴が、この寒さにもめげず、滑らかに伝わり落ちている。金砂が溶けるのにも増して、根元に接する金砂は、樹木の息によって鋳型に溶けている。よくよく注視する若者は、そこに小さな虫がはっているのを発見し、再び歓声を挙げている。

きらきらと輝き渡る金砂丘、金砂の原、娘と男は金砂丘を渡って、帰れるであろうか。べとつく沈殿槽を避けて、朝日に踏み足した限り、そう望みたい。

金砂丘を渡り、早朝の裏面へと急ぐ二人。足どりは軽く、やゝあせり気味に胸は高鳴る。四半日を曙にさらす山のごけさん。男もごけさんを知っていた。四半日の温もりに、十二時の暗闇と、四半日の待ち遠しさ。妬ましく長い曙にいら立つ、ごけさんを訪ねる、ちょっとした興奮。今でこそわかる、あのごけさんにも、幼い頃は、ただ渋面で帰っていた、山の中の離れ納屋。いつも山神の唸り声に川舟頭の死に声が聞こえる所。あの頃は怖かった。子供が泣くと連れて行くとの怖い脅しに、いつも泣き止んだ。娘にも強く焼きついている。雪に埋もれた軌道を越え、川魚に富む川を渡り、フクロウもまだ眠るかに思われる、ごけさんに入る。

「ついにね。ひやーっとするわね。どう、雪かんじきを脱ぎます？」

「でもちょっと早いね。まだ危ない所がある。境が用心のし所ですよ。不安定なんですよ。深みあり、柔軟な盤ありでね」

「足首が痛くなって。これは履きづらいわね。こんなの一時間も履いていると、明日は動けずに寝ているしか」

「これが一番安全なんですよ。スキーでは立木が邪魔ですし、長靴では破れたり、ぬかったり、一度ぬかると雪が入り、それが体温で溶けると、まいってしまう」

「わかっていてもひどいわ。珍しさよりも歩きづらくて。本当にこれで遠出するのは初めてよ。子供の時は大人が履いていたり、小脇に縛って行くのを見ていただけですの。ですから、初めてで、こりごり」

尻を下してしまう。農夫、その姿が彼等にあったろうか。藁靴で雪を踏み、スコップで背丈の雪をかき分けるのを。男も疲れたと同調する。もっと明るい日々がある二人に、どんな荒わざが要しよう。兎、野兎こそ相手になっている。

「では外そう。いづれにしろ、軽い荷ばかりさ。飯ゴウにアルコールランプ、ライターそれに、れい子さんは救急用品でしょう。空身ですよ。かんじきが一番の荷物って訳。それよりも、一匹ぐらいはかかっているでしょうね」言いつつ紐を解く。

「わたしはそれでいいわ。以前も今も死骸は嫌ですもの。生きたのを持って帰りたいくらい」

「僕もさ。しかし皮をむくでしょう。すると腹が空く。食べたくなりますよ」

「康男さん小さい時もそうでした?」

「いえ、食欲なんて。僕はおもしろかっただけです。おもしろいって言うか、小さい時分の、あれこれと見たがる一つの関心ですね。好奇心にまでもいかないあれですよ」

「そうよね。小さい時に肉を食べたいなんて嘘になるわ。まして山の動物などを」

かんじきを紐で背中に乗せて、娘も固雪を歩く。あの金砂に対して、ここはただれた皮膚、寝そびれて素顔をのぞく街娼婦。向いの明かりにもあと一寝。涙、ため息、ばらばらの髪を握る女、そんな女の今が朝ぼらけ。

娘もさすが果てを無量に想い、口を閉ず。敗けずにおどける男も、春もまだ遠いこの朝に舌を巻く。金砂に対し、この灰色に凍る沈黙のいかめしさ、淋しさ。若者の叫びもすぐに奪われる。こだまは軋んでいる魔の声。倒れる我が身を、渾身の力で耐えんとする老木の呻きとなる。寂滅の時、そんな思いがする。

「あなたはこんな奥にも来ていたの?」

「覚えていない。多分そうだと思うよ。兎の足跡が多かったでしょう。それに宿の人が教えてくれたでしょう。恐らく、僕達はここまで連れてこられたと思うよ。自然環境は十五年前も今もそのまゝです。ただ住む人が減っているのみさ。ずうっと住んでいる人も居るんです。あの頃そのまゝさ」

「わたしは女だから来なかったわね」

「そうねえ、せいぜいあの川止まりでしょう」

地形が喬木の繁殖を妨げるか、灌木と、限られた喬木が、ちぐはぐに雑居する山。午後には手の平を返して陽をあびる地、良く跳ね良く隠れる野兎には、格好の遊び場となろう。実在する喬木の根本こそ、日光浴と、隠れ蓑。娘と男は早や、仕掛けた罠を追って駈けている。浅いと言って蔑ると、灌木の落とし穴にだまされ、喬木の根本では兎の糞に誘導されて、靴を奪われる。二人はそれでも罠を捜して汗をする。

「助けて！」娘が。

駈け寄る男。腕を取り合っては又向かう。広い原始林、自然に任される山林は、若者など手玉にとる。一日前の記憶など、十年前にも比しえよう。錯誤、又錯誤。落ち、転び、喜び、すぐに落胆。自然は偽善のるつぼか。巧みの名人か。いや、若者にも増してまっすぐな生き物。彼等は自然。あくまで自然。

記憶も根気も自然の前には一枚の木の葉。立て棒、端切れの目印も、この山中で、どれ程の視界に抗しえよう。若者は疲れる。それが冷静な透視力を養い、第一の現場を当てる。

「あった！あった。あれ、あんなに小さな点となって。あの赤い布切れが、黒く見えるでしょう。暗ければ当然ですね。山は感覚を全く狂わしてしまう」

離れて、はいずり回っている娘が足を止める。

「わからないわ」

「あれですよ。大きなブナがあるでしょう。その下に幼樹みたいにあるのが印ですよ」

指差しつつ何度も教える。

「おかしいわね。さっぱりわからない。太い木も沢山あるでしょう」

「あそこの二本目ですよ。とびきりならわかるんでしょうけれど、ここのは大体同じで区別しずらいんです。だが、あれは罠を掛けた木ですよ」

男はもう待ち切れず、娘を連れて急ぐ。こんな山奥で若者が戯れている。そこにあるのは単純な喜びに尽きていよう。他に必要な媒体などあったりしようか。どんな体裁をも試みずに走れる地、出生の地に幼い友が二人で駈けるのは最たる歓びになろう。

男が先に罠をのぞく。

「残念！　空っぽさ」

宿の主人に教えられた、針金を用いた手細工の罠は、新品の鉄線が白く、雪穴の中に挨拶しているのみ。笑っているのかも。

「野兎も利口になっているのではない？　康男さんが作る罠は十五年も前のよ」

「この土地は十年前よりも後退していますよ。兎だって同じですよ。兎の通り道に反してるんです。きっと別のにはかかっている」

ごけさん裏にしても、時間は制限されている。もしみだらな顔に会うならば、二人は嫉妬に触れて捕らわれよう。幼時の経験でそれは心得ている。急げ急げ。転んでも良い、固雪ならば二度転べ。全く二人の世界。

第二の罠は又も空。第三の罠は太ったリスがかかってた。思わず抱いてる娘にも、ごけの顔が案じられ、次の罠へと跳んで行く。ごけはまだまだ寝ぐらを抜けず、隣の金砂を夢にも見よう。それでも山の神にせめられているか。敬遠する山の神、ごけ様ならば仰えるかも。あるいは夫の御霊に招かれて、未だ遥かな眠りの園に。

第四も空、そして第五の罠に太って筋肉質の兎。純白、見事な毛並、さぞかしもがいたその毛皮、どうしてこんなにすばらしい。皮膚も筋肉も山で育った証であろう。揃った前歯がしっかりと鉄線を噛んでいる。この姿、兎にしてこの逞しさ。男もわかったろう。娘は野性の兎にある、本当の生があるのを悟ったろう。娘はこの兎も抱いた。思いの外の温かさ。純毛の手ざわり、力の限り戦った姿で造型と化した野兎は、一つの力強い姿を残していた。弱い動物と知るが故にも、首の位置のささいな構えにも、より強烈な生命力を感じよう。

「もう渡して欲しいね。皮を取る作業がありますよ。僕にはれい子さんが思いめぐらす、一つ一つがわかります。僕達は同時に、同地で育ったんです。れい子さんが女性で僕が男って言う、その差なんです。これはこの野にとっても、おかしいくらいの差ですよ。僕はこのまゝ残しておいてもあげたい。雪の墓に氷の墓標も立て、霊を慰めてもあげたいですよ。でも、それがどうなるんでしょう。罠に陥れたのは僕達です。僕達の独りよがりな遊戯だったのです」

純白な贈物が娘から男へ渡る。男も背筋を撫で、静脈の線がくっきりと浮き出ている、ユリの花弁のような耳を握って、片腕で揚げる。

「かわいそうですね」

「そうよ」娘も言う。

「どんなことを連想しますか」

「憎しみがあるわね。とてもひ弱な生物の」

「僕もだね。どう見ても勝利者のポーズとはほど遠いですね。哀れですよ。悲しみの詩ですね」

「わたし達小さな時はどうだったかしら」

「おもしろさ、それだったと思う。兎が罠にかかっているのもそうでしたし、父達がぶら下げて帰るのも。皮を剥ぐ時だって、肉をきざむのだって、おもしろかったのさ」

七とくナイフがまだ寝そびれている、ごけの肌に乗せられた兎に刺さる。のど元より腹部へと動く。赤く染める抗力も奪われている野兎。皮をむかれ、裸になりつつも染めはしない。白い毛と裏地の静脈図、裸の身は脂とナイフの傷で、いたずらされた彫刻となる。負傷し、蹴飛ばされ、衣服を剥がれた、のたれ死に。白い衣の下は哀れな哀れな姿。裸とはこの姿。あらゆる業を失ったこの姿。

「これでもかわいいかい」男は聞く。

「怖いだけ。美しさの陰なのね。美しい毛皮とこの張り詰めた肉、いためるにつれ相手を動揺させるのね。とっても怖い。恨まれそう」

「考え過ぎでもあり、僕達の知能ごっこです。魂の遊びなのさ。兎は罠で苦しんでいる時には、そうだったでしょう。今はその兎はいない。これは僕達のこしらえあげている兎です。もし兎がいるならば、どうぞ御自由にと言うでしょう。遺体は別ものです。放って置こうと、食べようと兎は黙っています」

裸の兎はももを取られ、背肉を与えてしまう。更にきざまれ、飯ごうの中。

「さあここで炊きますか」

「食べられないわ。あの不気味な頭を見てください。この世の終わりだわ。あの美しい目がどうでしょう。悪を呼び、呪いに狂う、この世の果てよ。とても食べられない」

それは正に衣を脱いだ悪魔の形相。

「では、場所を変えよう。せっかくの雪のピクニックがめちゃめちゃになる。心のせいですのにね。僕は大人が料理するのを、遂一眺めていたものさ。これは凍っているけれど、生きているニワトリの首をちょん切る。するとニワトリは首なしで飛んで行く。僕もそれは怖かった。十メートル二十メートル先でばさっと羽根を広げて雪の上、又は畑に力尽きる。飛んだのは掴んでいたのに首を切ると同時に抜けたためで、落ち伏したニワトリは、すぐに逆様にされ、生血を抜かれる。たらたらと垂れていた血が止まると、死んだ魚の目、熱病やみの老人の目、牛の目などが、あらゆる角度で合体した異様に輝く目で、首切人を凝んでです。ニワトリは首のある、元の場所に戻るんです。そして羽根を抜く、それから皮をむく、そこで家の中に持ち込み、まな板の上で温かい、くにゃくにゃのニワトリを、今僕がしたように肉を取るのさ。知ってるでしょう」

「内の人もやっていたわね。でもやっぱり怖くて。不快よ」

毛皮を剥がれ、肉を彫られた野兎は、罠の穴にごけの肌で埋葬される。野兎も農良育ちの若者に葬られ、我が創作品の扱いくらいには喜ぼう。二人も世の常に一時満たされよう。ともにこの地の小さな歓び、ごけが裏のささいな出来事。二人がどんなに刃を振回そうと、ごけの夢にもさわらない。ごけよまだ眠れ。若者に朝げの楽しみを与え給え。

柴を集めるその腕に、母が炊くカマドの燃え初めを回想しよう。ガンピにマッチがすられ、カマドにそっと置く。柴が軽快に閑寂を割ってはじく。やがて薪に燃え移り、明々とカマドを黄赤色に染める。親しみがあり、温かな火、若者にどう記されていよう。

彼等も太い枝をカマドにみたて、柴を積む。途中で採取のガンピに点火、柴の真中へ。

「まあよく燃えるわね。こうして柴木を燃やすなんて何年ぶりかしら。本当にここに家があったりしたら。夢かしら」

生のも枯れているのも、ぱちぱちと燃える。この音もおとぎの国になり、現実離れの本物となる。初めて聞く者は、必ずや童話の世界に引き入られよう。煙は嘘のように消え、ただ明々と乾いた火の音がする。続いて飯ごうを吊るす枝を伝って、脇腹まで煮える響き。

「早いわね。嘘みたい」

「そうでしょう。ストーブも、風呂も、皆これなのさ。真赤になっているストーブは、すぐ二、三年前に思えるでしょう。あんなに赤くするのさ。厚い鉄板のストーブはすぐに火力でゆがんで、ひばしですぐに穴が開き、あるいは独りでに焼き切れていた」

「懐かしいわ。皆がストーブを囲んで赤い頬っぺたになってね。母が煮る豆の匂い、トウキビの匂い、お正月のせいろのゆげ、康男さんの言うお饅頭の甘酸っぱい味、ごとごと煮えている大きな鍋で、あんの中で煮立てられている澱粉だんごのしるこ、あれもこれもですわ」

「まったくさ。この火でどんな生活にも役立っていたのさ。どれもこれもしっかり頭にこびりついている。ストーブがよかったね。あんな大きなストーブ。二尺もある薪が数本一度にくべられる。ごうっと音を立てて燃え、煙筒だって赤くなる。その赤くなる高さで燃え具合を知ったりしてね。部屋には仕事着が煙筒の近くに吊るしてあったり、藁靴の凍っているのをストーブの台に置いてあったり、山奥の生活に包まれていた」

はじく火の粉を払いつつ、男は火をみつめている。その燃え様はストーブの火。幼い火のいろりに連なっている。橋渡されたつるべ代わりの枝に、男も娘と同じ昔を噛みしめる。

「ランプがあったでしょう。あんなに芸術的で情緒豊かな品ってあるかしら。天井に吊るされて少し冷たく、理知的ながら、いかにも異国風な味をもった明かりでしょう。わたしの中に残っている、この土地のエキゾチックな用具の代表よ。あの物語風な造形が、部屋を明かりに晒している時の父兄姉、もう、どうしようもなくわたしの生涯の憧れよ。言葉が妙ですけれど、過去の中に、わたしのいつも求めている趣好の核があるの」

「あなたの兄さんはバイオリンをひいていたでしょう」

「でも、あれは、ちょっとちぐはぐ。、珍しかったけれどとび抜けた感じ。わたし姉さんが立派な雑誌を取っていたの知ってる。婦人雑誌でしたのね。それもわたしには、わたしの心の中の憧れを壊すの」

「僕にはわかるよ。それも今、僕達が考えているのさ。れい子さんの思索ですよ。幼い頃のれい子さんには、とても珍しくておもしろいと、映っていたでしょうね」

飯ごうの手応えは、無関係に伝わっている。太枝で囲まれた火元は、地に達し、窪んだ内側はカマドの勢い。溶けてしみる水は同時に発散するかのよう。燃焼力のすさまじさに、あのストーブの真赤な居間を思う。風呂のカマドもかくの如く、音を立てていた。二人の回想はうち続く。

ごけの裏は、嵐に火花を散らす、木と木の摩擦火よりも芯細に、野兎を煮る火は弱かった。この山にそんな火があったか。娘と男が居たりしようか。この裏には誰もいない筈。ごけの裏は、いつも静寂と遠い果てに決まってる。春も夏も秋も、ごけの裏は独り暮らし、深いため息、根強い怨言。一匹の兎こそ、ごけの裏に小さな光。

柴木は燃えに燃え、次ぎ加す柴を滑め尽くす。娘の頬も紅を増し、二人の足場もくずれ落つ。

「きっと煮えてるわ」

飯ごうの蓋が開く。漂う匂い。みそ汁の味。細い柴の箸。

「いける?」

「これはむずかしい。この味は僕達のもんですよ。肉の味は、ムードですね。同じ肉が、大きな鍋で煮られ、親兄弟が囲む、飯台で食べるのと、こうして、山で二人で飯ごうで食べるのとでは、相違して当然でしょう。まずいに尽きますよ」

男は汁を吸うのを避ける。肉と馬鈴薯のみを食べる。

「そうねえ。これはわたし達のピクニックよ。キャンプファイヤーなのね。肉をこうして食べるなんて。山で食べたりしたかしら。食べる時は家の中よね。外の場合は弁当に決まっていた。おかしいわ」

「この味が悪いのにもよるけれど、第一僕達は肉が好きではなかったせいですね。大人も肉に関心が薄く、料理と言えば煮るか、素焼きだった。それに肉が好物でありえようか。食べる機会が少ないのと、食べるのは野山のと家畜です。どうでも良かったためですよ。僕にあるのはカレーのおいしさのみですね」

「どうしてかしら」食べながら聞く。

「やはり、カレー粉の珍しさです。野山で採れるのは、根本的に違っていたのです。あのとびり辛いカレーの衣が、御飯に載せられ、水を沢山飲みながら食べた様子は、印象強いですし、どうしても普通のおしんこ、漬物、みそ汁の食事とは大違いですよ」

合わせて、蓋の汁をすすった。複雑な表情は、彼の追憶の不可解さにも、繋がっていたろう。二人はこのみそ汁の味を、求めてもいるではないか。若者は確信して、これを否定しよう。彼等のは今に継続している、エキゾチックであり、若者の本質を貫いている、相手であると、折れよう。図星にして、矛盾に満ちている相手を認めて。

「福神漬さえ、僕には土地のとは違うおかずでした。食べたのは隣の家であった。そしてそれが、ガラスの蓋付の皿に入っていたのさ。僕にはとても珍しかった。あの昆布の味、レンコンの味、僕は今になっても、いつも頂く福神漬とは別であったと、思ってるんです」

「わたしは知らない。もしわたしが食べていたなら、康男さんと同じだったと思うわ。冬は沢庵でしたものね。毎日食卓にあった。漬けた白菜も」

「麦飯と沢庵。塩辛いキュウリの漬物。キャベツの油いため。毎日食べましたね。どうしてあれ等の食物が、印象薄いながらも覚えているのかね。ただあるので食べていた、乏しさのしこりだろうかね。」

「でも乏しいと思っていたかしら」

「全然。とにかく楽しかった」

「そうよね。乏しいなんて、現在のわたし達が勝手に名付けているのよね。すばらしかった」

野兎の煮込みは、二人にとって、ガムを噛む気持ちであったろう。思い浮かぶのは、食卓の品々となる。兎もニワトリも、生活の一部であった。ごった煮の一つ、やゝ暗いランプの夜の一幕になっている。うち続く奥地の生活の顔。それは大人の顔、奥地の素肌。

「日の丸弁当が好きだった。あの梅干しが好きだったんですね。どうしてか、不思議ですね。多分おにぎりのせいですね」

「新聞紙の匂いでしょう?」

「そうそう。大人が山へ行って残して来たおにぎり、おいしかったねえ。それで僕は小さなおにぎりを作ってもらい、腰に縛って半日過ごし、昼に食べたりしたものさ。大人の真似にも原因はあるでしょうね」

「きな粉をくるんだおにぎり、それとそぼろでしょう」

「きな粉はどうもね。とろろ昆布ですよ。あれはそのまゝ今に通じているね。やはり好物でした。とろろ湯となると、澱粉粉に熱湯を注いで作るのと共に、飽きてしまうのに、弁当にとろろ昆布を被せたのは、印象強いね」

「どう?　のりの佃煮は」

「あれが又隣の家で食べたきりさ。どうしてあそこでは、あゝしたおかずを買っていたのだろう。全く今にして不思議さ。その味はココア以上に残っている。ココア以上にデリケートな味でした。でも、どうして、家に帰ってねだったりしなかったのでしょうね。僕自身謎ですね」

「それでいて、バイオリンなどどうでもいいのね。それが、余りにかけ離れた世界だったのかしらね」

ついに空となった飯ごう。二人は笑う。これが生活であったらしい。黙って食べているこの一様な舌触り、これこそ育った土地、あの家、あの居間、しかも忘れ去っている最大のはぐくみ。この忘れ易さ、この恵み、これこそ若さとは遠い国。幼時の国にみそ汁があったろうか。憎しみがあったか。苦しみも又よその国。恐怖もすばらしく高く飛びかい、ひもじさも生水で洗われる。

娘よ男よ、ごけが起きると恐ろしい。さあ帰りなさい。野兎は野を駈けていて美しく、裸の兎も子供の国を走り行く。

「おなかが、びっくりしているみたい」

「熱いせいですよ。それと兎の死に顔さ。とても不気味なのさ。僕達が本当の味を知るには、ある段階を経る必要がある。肉のみを獲る動物になる時ですね」

「お百姓さんはそうなるの?」

「いいや」

「屠殺場の人?」

「いいえ」

「では皆がそうなるの?」

「子供は肉を食べて大きくなるけれど、やがて詩を作り、動物をかわいがる。最も動物をかわいがるのはお百姓さ。生活の一部であり、殺すことも食べることも一部である。豊かな味を知っているのは、百姓です。肉をタンパク質として噛むか、実りある収穫として噛むかの相違です。僕達は失格ですね」

カマドを後にする若者。かんじきと二、三の用具が宴を憶わせる。ごけの眠りをよそに踊り腰の若者。野兎鍋のおもしろさ。幼年のすばらしさは忘れつつも、蘇る光景、楽しませて余りある美しい展開又展開。広がる世界、これぞ若者の求める相手。さようならごけ裏の火、野兎のもてなし。娘はふり返り、男がごけの追い立てをいぶかる。

「冬の野兎料理ってわたし達が初めてみたいね」

「固雪の上で食べる風流もですけど、十年ぶりに荒廃の地、しかも記憶をたどっての、生まれた土地で楽しむ取り立ての肉は、まず絶品でしょうね。年月はもっと過っている。十何年でしょうか」

樹々を掴む。山をふり返る。

「よかったわ。どれもこれも、これでいいわ。立ち直った村、立派な町になったりしていたならば、どうして訪ねたりしたでしょうね」

小脇のかんじきが急を告げている。

狐の里

うたた寝の狐も、春を楽しもうこの里。林は昼の光線をあびて、若草を呼んでいる。猫柳は盛りの化粧姿もあでに、向いの里で呼んでいる。株は枯れ草の老いの枝と、いつ大樹となるか、のんきで明け透けの權木群。控えて立っている、栄養の不調和な喬木も、陽性そのもの。あゝ山奥の平和がる。風はどこへ逃げて行ったのだろう。穏やかな林、雪はちょっとの刺激で溶けてしまいそう。骨を折った樹々達は、新たな筋をこしらえよう。真っ青な空、早や地上の彩色を、映しているのでは。どちらも雪に春が、林に息吹が、書けば瑞々しい溶けゆく春の絵、微妙なつやの温厚さ、誰に告げようこの絵図を。己にこそ教えては。きっと迎えたくなる早春の狐里。若者よ喜び給え、招いたこの里を。尋ねたこの里を。読み給え、詩い給え、この春の一ページを。狐の里は待っていた。金砂蜜を好む君達を。あの原は金ぴかの飾り、この里は素顔の山乙女。さあ遊び給え、吸い給え、この素直な山乙女の息を。

娘の足が止まる。男が誘われる。そうでしょう。例えスキーが滑らかにすべろうとも、自ずと止まるが常。この里は娘にも呼び掛け、子供にその夢を適える。男は心なごみ、林に親しむ。去る人をどんなにいとおしんだでしょう。狐の里は憩いの里。引き馬も足を留め、きれいに呼びかける。農夫は山ブドウを摘み、口にする。山イチゴが子供にあいきょう。子供の口を紅にする。そんな里。

「ここがそうですね。通いの山へ行く道であった林は」

「見通しのきく地形がそうよ。周囲が、倒れた木に乗れば一望出来たんですもの」

「とにかく広くてね。地図ではこの位置に当たるんです。見て御覧」

山スキーの男女が頭をつけ合わす。

「あなたの家がこの点、僕のがこれですよ。これで計って、どうしてもここです。それにしてもどっちがどうなっているか、なだらかな傾斜地は、わかりづらいね。凹凸もあるでしょう。この方角に部落の家がありましたね。どこにあるのやら」

「恵まれた広い土地で、かえって迷うのね。川があったとか、平地と山がはっきりしたりすれば、固雪でもわかるのにね」

「ここに家があったなら、ここも容易なのでしょうけど、言わば、皆の広場ですものね。御陰で、目印は零です」

「でも地図が示しているのですから、そうよ。この時期に狐も現れないでしょうしね」

「居るでしょうけれど、どうなのか。僕達が会ったのが冬を除いた季節なのは、ここを通るのが、その時期のせいです。会う可能性もありますよ」

「同じ道を歩いてみましょうか」

「そうだね。狐が挨拶してくれますよ。あの頃も、狐は一瞬の挨拶でしたしね」

地図と弁当が二人の持物、身は軽く、日もまだまだ。スキーはぬかりつつも、若者を林のさわぎで連れて行く。

「わたしは専ら、山ブドウや草花でしたわ。狐って会ってないの。毛皮で想像するのと、動物図鑑ですわ。さぞかし、おどけた動物と思う」

「それが、れい子さんの予想にぴったりの動物です。四つ足で歩いてはいると思いますが、僕達が出会ったのは、ちゃんと二本足をふん張って、両手を軽く上品にもたげ、僕達を眺めているんです。子供ながら、狐って利口な動物と思いましたね。人間を化かすなんてとても」

「どうして狐ってわかったの」

「内の人達が教えてくれたのさ。〃狐だ〃ってね。初めてだったから、僕は化かす動物とは、余りにも異質な印象に、びっくりしました。頭が良さそうで、きれいであり、人に親しんでいるでしょう。すぐ隠れましたけれど、それもイタチのすばしこく、がさつさに比べたら、さっとススキの音がしたきりでしたね」

「とても立派な狐に会ったのよ。動物園に居るのは、臭くて、人の気配を伺っているふうで、とても嫌いですわ」

狐のイメージ論となるこの話、山の狐が居るならば、どう聞き耳立てるだろう。里の狐はでも笑うでしょう。坊ちゃん達ようこそと。奥の山には熊もいる、山鷹のあの翼、山うるしのしぶとい仕打ち、山ダニの死して止まない吸血性、どうして狐が憎かろうと。

「やあ、本当にきれいな狐でした。胸からお腹にかけてやゝ薄く、白けていて、腕やももの辺りも薄茶になっている。背中になるに連れて、自然に焼けているような、あざやかな茶色になっている。あれは毛皮でもそうですが、生きている狐のは格別です。上品なお年寄りって感じですね。もののわかった顔です。カンガルーのもの腰、ただ、しっぽのために勢い良く見えますけれどね。それにしたってみごとな尾っぽです」

「捕まえたかった?」

「みとれただけです」

「子供なのに?」

「表現がまずいんですね。〝おっかちゃん狐!〟って教えたい気持ちです。教えてくれたのは母達なのに、こちらが再度呼びかけたい、そんな印象ですね。今説明すれば、狐に会った歓喜とでも言えるんでしょうね。子供はなんでも喜ぶでしょう。その中でも頻度数の少ない相手にですよ」

「康男さんには、狐が一番の思い出なのね」

灌木の隙間をくぐって行く。八方が展望され、奥山をも錯覚させる空間が待っている。しっかりとしたザラメ雪は、さくさくとスキーの下で沈む。こいでもこいでもうち続く春を呼ぶ里。たまり水あり、地肌も現れている。樹々、笹の葉も、若芽を隠していそう。枯れた笹の根がはう地に、他の草の芽を想う。全てが穏やかに笑顔に映る。喜びの息に濡れて、遠くのものが近くにあると思う。山又梢が眉の上。遥かなエゾ松が日本画に位置し、その濃い緑は黒く、そしてくっきりと緑が漂う。目前に背を浮かばせる小山、樹木の波が手に取れそう。こうした春に、部落の青年が去って行った。流行の歌謡がこだましている里に別れて。部落の娘も花嫁になってどこかへ消えて行く。だが部落にはもっと熟れた山川が近づいて来た。

二人には消えてしまった骸。この温かい里に二人は新しい里を見ている。

「学校ってこちら?」

「方角は似ているけれど、全然別ですね。行っても良いけれど、僕達とは縁が薄いですね。一人の先生で、子供達といつも遊んでいたとさ」

「僻地教育ね」

「その最たるもんです。全学級一つなんですから。上級生は子供の面倒だったらしいですよ。それも六年生でね」

「おもしろいでしょうね」

「生徒は結構楽しく勉強していたと思うね」

「わたし聞いたわ。先生が川へ全員連れて釣に行くんでしょう。ブドウ取りに行ったり、山で遊んだり、先生って子供達の遊び相手なのね」

「そして部落の一員であったらしい。気楽で、作物をもらい、住民と一緒に話してね」

「わたし達も、その小学校に入学していれば良かったわね」

「さあ、それはどうだか。辺地で教育されて良かったと言う人は少ないですよ。皆、つらさが、単に懐かしさとして自分を慰めているだけと思いますね」

スキーは重く、額には汗がにじむ。

「真の苦しみを知っている人はそうよね。わたし達は山を楽しんでいるんですもの。兄さんが熊に通学路で会ったと言って、びっくりして帰ったのを覚えてるわ。あれは、六年生を終えて、本校へ通うようになった秋だったわ。秋になると、どこへでも現われるんですものね。山には沢山食物があるんでしょうにね」

「だって道路がそもそも山の中でしたよ」

「知っている。曲りくねって、山すそや、川淵を自然の条件のまゝ道にしてるんですものね。熊の通り道でもあったか知れない。あの危なくて、淋しい道ははっきり覚えている。兄さんが熊に会った所も知っている。大きな木が生え、山笹がみっしりあるんですものね。熊が幾らでもねらっていられるわ。すぐにその時は熊が去ったからいいものの、向ってきていたら、大変ね。死んでいたわ。少しでも遅くなると、兄さん達はたいまつに火をつけて帰って来るんですもの、おもしろいなんて言うと叱られるわ」

娘は考え込む。陽はやさしく照る。そんな恐怖の土地を回想せぬように。何と言う鳥か盛んに鳴いている。そしてすぐに静まり、潤い一色の狐の里。さあ語りなさい。もっと歩きなさい。平和な里が後を押す。

くねるスキーの跡は途切れてしまう。過ぎた林に消えている。どちらにも乱雑に生えた林が続く。奥地の平和な里狐の里。枯れ草と蔦そして笹のある、閑散とした自然林。林と言うには平な地形、斜きつつも草原の趣き。峠に及ばず、山には劣り、独り朴念と暮らす部落の主、そんな相を持つ權木林。人々の去った土地に、そちこそは部落の主、永久にうたた寝を享楽する主。

ヨモギ、カヅラは狐を呼んでいる姿。桜、ガンピ、タモ、イタヤ、あれど風か土質にゆすられて、今も昔も柳の仲間。イタドリさえも、衣でそれらを覆ってる。名も知らぬ草の穂が春のしめりに生づいて、ようやく年越しの細腕を張っている。秋にはどんなに狐が跳び遊んだか、草こそそれを物語る。色も狐を恋するように、薄茶に白金の渋み。誠に狐の里こそ、この世のゆとり。ユーモアのある奥地。狐の姿の生きる土地。

「温いわね。山奥はかえって暖かいのかしら。体がほてっているみたい」

「重いスキーのせいですよ。これでは滑らせているよりは、踏みつけているんですね。あんなにワックスを塗ったのに、スキーがふくらんでるみたいでしょう」

「これでは、ワックスも幅広のスキーも効果を失うわ。この暖かさと、水っぽいザラメ雪ですもの。大体スキーなんて不向きなのね。根本的に間違っているのよ。こんなスキーが合うかしら。藁靴やかんじき、犬ソリなのよね」

一時スキーを外す。スキー靴も、ストッキングも濡れネズミとなる。さも狐里の春雪が嫌う如く。

「時節外れもあるけれど、どうも奥地とスキーは馴染まないね。ここではかんじきですよ。それだって、今では無理ですね」

一息をつく。陽差しのなんとした暖かさ。スキーそして冬をも送った里である。

「スキーが僕には記憶に疎いんですね。確か、スキーで学校へ通うのは、普通らしかったんですけれど、僕は子供だったので、庭先で靴が乗るくらいの手作りのスキーですよ。イタヤか、ナラだったんでしょうね。山で取ったのを真二つに裂き、更に一、二寸にする。今度はナタで薄くしてゆき、スキー状に形を作る。二晩がかりくらいで作ると、先を熱湯で煮るんですよ。僕はおもしろがって見ていたもんです」

男は濡れたスキーを思い深くみつめる。さもあらんとは、狐の里の独言。この楽園でも彼等を追憶に走らせる。楽しみに節、悲しみに明りとは、旧い生れの里こそ、その真髄をゆく。二人は単に二人の若者。現代に生き、明日に生くる者。どこに真の過去が秘もうか、狐の里こそ楽しかれ。そちこそ、永久に山里を悟る主。与え給え、その一つでも若者に。

「スキーよりも犬ソリだったわね。それは内でも作っていたわ。固雪の上を犬ソリで行く。すてきだったわね。犬も大いにはしゃいで、とてもじゃれたりしたわ。きゃんきゃん鳴いて。しばれる日には庭先で曳かせ、真冬にも大雪をはねのけた、狭い道で犬に曳いてもらったわ」

「そうでしたね。犬って大変な仲間でしたよ。子供の守、大人のお伴でしょう。繋いでいると番犬になるんですからねえ」

「でも、あの遠吠えは震えちゃうわね。寒い夜、流しの辺りで凍る軋みを耳にしながら聞くあの声。こんなにすばらしい山で、あの恐怖のどん底に陥れるんですものね」

「あれは、犬の腹具合が悪い日なんですよ」

「不吉だって、母さん達がすぐに犬小屋へなだめに行ったものね。一時止むんですけれど、わたし達が安心すると、再び吠えたりしてね。怖かった。ぞおっとする。その夜のランプの明りがとても暗く感じたりして」

二人も今は疲れていそう。この陽気な里に遠吠えとは。陽の裏には陰、人の心も常に揺れ動く。

「聞いたかい、あの山降ろしのイカダの話さ」

「ええ、山男達のイカダを漕ぐ淋しい声でしょう」

「うん。あれは実話だったんでしょうか。それとも言い伝えですかね。とにかく怖かった。犬が吠えたりする日に教えてくれたからね」

耳をすまし給え。よく覚えていた。狐の里もうなづこう。あれは真実もあり、部落の人の山を怖がる心あり。山仕事のつらさ、厳しさ、それがこだましているのさ。仲間の一人は部落にとっては千人に等し、亡き後の家を思うと、我が身が詰まり、山の声となる。

山男は尚のこと、一人奪われたその悲しさ。誰にその声を伝えよう。遠く離れたこの奥地、最期は水と山の主。幾年育ってこの姿、大木こそは悲しそう。山男の遺骸よ最期は伴と、大木群は引き入れる。山に住む男、山の主に従い給え。これは厳しい山の掟。死す時も山神の祭りも皆一体。死後の祭りもその一つ。喉も張り裂けるあの音頭、死後も山神と共に鳴く。聞えよう、あの山に住む男の血のにじむ鳴き。山男は鳴くと言う。冬山に鳴いて、主と共に身を清む。祭、宴、葬送も、山に鳴き山に消えゆく。

聞える。厳寒の夜に、一人が鳴き、山男の混声が寒波に乗って響く。いや鳴いている。山男のしわがれ尽した、山嵐の息となって。今夜のは人の声。確かな音頭、誤りは死を約す緊張の合図。山に託し、音頭に託す命綱。男の意気こそ悲しい山の声。鳴き声が明りとなって、川面に人の影。白々と、そしてぼんやりと、川の岸辺にはえるあの明り、部落の人は口を閉ず。勇壮にそして悲しく和するあの音頭。知っている、山の奥の語りぐさ。凍りつく夜のすすり泣き。聞く者こそはそれを知る。

よしましょう。招いた二人を恐れさす。今は春、あの音頭も心の奥へ、迷いを誘う雪山も、今は二人のような若い春。

「春雪は危ないんですよね。なだれで遭難するのと同じですね。固い雪と柔弱な足元は、裏腹になっているんですよ」

「そうね。でも、ここはぬかるだけですから、ゆっくり進めばいいんだわ」

「ここには、あと縁を待つ春日よりのみさ。初夏より真夏へのすばらしさは、想像に余りありますよ。少し馬力をかけて、御用林近くまで行きましょう。かなりあると思いますよ」

「少しまいったわね」

「距離はあるけれど、僕達の記憶をたどれるんでね。頑張りましょう」

「そこは馬を飼ったりしたのと、植樹林でしょう」

「馬は仕事のついでに連れて行っていたんですよ。山林ですね。でもしばしば行ってましたね」

狐の里も端になり、樹木は立ち並び始める。より狭雑で、空では枝がからみ合う。山、共有、個有の山となる。材木めあてのこの山林、人の手入れがしみている。自然に任すこの山奥に、人智に頼るは、並の山。山出しの声を聞いて知るや。山人夫の音頭はいづこへ。

「やあ、着いていますよ。これ、地図を御覧」

「マークがあるわね」

「ここですよ。しかし、これは不明確ですね。これと指定する場所がないでしょう。目印は勿論ないんです。ただ御用林近くとの記憶にたよっているんですものね。その御用林がおぼろな記憶です。幅広く整然としていたふうな、ひどいうる覚えですすよ」

「康男さんは、御用林に興味あったの？」

「いえ、そんな用語を覚えており、使っているんです。そう言うものがあったとの便宜ですよ。この用語のために、ここへ来てるんです。他に区別するのがあるでしょうかね。皆一様な山林地帯です」

「どこか、この辺りは、特徴に欠けているわね。林にしては高台でもあるようなのと、木がかなり伸びている。反面、大森林と呼ぶには不足よ」

「そんな所さ。馬が繋がれているとか、昼食の休憩地であったまでですから」

若者の評価は若いが故に正しく、輝いている。馬と弁当と山がかみ合わず、山は未だにぼけっと座っている。奥山のけわしさはどこに。里の賑わいはいつやって来る。平地の草原はどこにある。人々は行ってしまった。いつまで一日の便宜で座ったまゝ。雑然と生きているその姿。

「戻りましょう。ここでは何もかも中途半端ですわ。日もかげりがちよ。逆に涼しくなったみたい。めい想に耽けられて？」

「この土地で育って、あなたと行動を伴にしている僕です。れい子さんがのらなければ僕だってですよ。ここはね、昼食後、仕事を早く切り上げさっさと帰った所なんです。家との距離もあったでしょうけれど、それ自体が既に不適格だったのです。これでは日常が気だるくなりますね。情緒性ゼロなのです」

「ですから、戻りましょう。先程の林で過ごしましょう。一日がもったいないわ」

訪ねた地点がこの姿。狐の里があでやかとなる。スキーの足が重くなる。倍加する気の重さが水を差す。山の表情は誠に微妙。美しい富士にさえ、刻々と相を変え、仰ぐ位置は命取り。坊ちゃま達、狐の里で遊び給え。

「こんな所もあるのよね。帰りましょう。馬も嫌うんですよ。あそこで休めてあった馬が、ロープで首をからませて、死ぬ寸前だったのを知っている。あれはかわいそうでした。水っぱなを垂らして、喘いでいるのさ。あと少し遅れていたら死んでしまったでしょう。あんな大きな体でありながら、自分でロープを巻き込んでしまうんですものね。動物って弱い生き物ですね。あの時もそう思いましたね。あんな所ででですよ。馬小屋でもありますが、小屋は狭いので当然ですし、ロープなどで繋ぐのは珍しいですしね。ところがあんな屋外の広い所でですよ。しかも、当時は、馬が草を自由にはむくらいに、木は伐採してありました。あんな長いロープを、首に巻いてしまうんです」

「…で、どうなりましたの?」

通った跡でスキーが軽く、娘も心がほぐれる。

「父はあわてて、しかし慎重に鎌でロープを切りましたよ。あれは本当に危機一髪の所でしたね。馬を動かす暇などあったろうかね。こんな七とくナイフを携帯していれば、都合よかったと思う。でも鎌で間にあいました。僕には馬がその鎌や、父に泣き叫んでいるように思えましたね。子供ながらそう思いました。ですから、切られ、ロープが緩んで解放された時、いや救われてですね、とても親しく、喜びの鼻声をしていたのを、覚えていますね。今になると、よりはっきり、あの光景が浮かぶんです。馬の嬉しがる鼻声、あれがよくよくわかるんです。あゝ、そうです。涙が流れていました。多分苦痛のせいでしょうが、涙や鼻は良く知っているでしょう?」

笑う娘、しかし懐かしさに誘われ、娘もやさしい馬のしぐさを思い出す。人なつこい馬、顔を撫でられ、笑顔に映るあの愛らしさ。我が身の如く恥らいとなる。狐の里の春に似てさっぱりとして。

「どうもあそこは陰気でしたね。思い出も自ずと重苦しい。早く帰りたかった所です。馬だって厭ですよ。陽気で平和なのは子馬と戯れている場面くらいですかね。写真や童謡、絵本に採用されるのももっともです。あの長いオチンチンをだらりとしている様、交尾の戯れも、頭で理解しようとしたって駄目ですね。その土地に生活する者にのみ恵まれた、歓喜ですよ。キザでしょうか、それとも愚か」

「言いたかったでしょうね。認めるわ。出来るならば、いつまでも、そんな生活が理想よね。自然が美しくなり、いつしか生活になっているんですものね」

カケス

「この辺りでいいかしら」

「いいでしょう。宿の近くがいいですよ。豊富な餌のありかを知っていますしね」

かんじきこそ履いているけれど、軽装と無邪気な様が、家の附近に賑いを増す。家の裏、離れても若者の声の届く一帯の庭。山奥の一軒家こそ、畑も山も皆我が庭、家畜の遊戯場。雪こそあれ、そんな庭の趣きが、若者をはしゃがせる。何も聞えずに、そこに家のあることを悟らせる、不思議な魅力。恋しくもあり、淋しい家、そして温かく、家の暖房が、外まで伝わってくる家。山奥の家には魂を誘う全てが揃っている。純粋な魂を呼び覚ます。

陽が昇っても誠に静か、そしてさわやか。家も微笑するばかり。やゝくすんで白く、それが純白な冷たさを柔らげる。かすりとも、兎の皮ともとれましょう。温和こそ、早春の雪。

ふるいを仕掛ける娘達。スズメは時に鳴いて飛ぶ。餌の匂いが達したか、家の周りにいた小鳥、落ち着きを忘れたよう。

「本当は棒でつっかえにして、結んである縄を引いて置き、隠れていて、鳥が餌を食べに入ったのを見計らって引張るんですがね、今は隠れ場所がないでしょう。これで間に合わそう。これだって、あの頃使ったトリックさ」

ふるいの下のばったんこ。カケスもスズメも仲間になった、あの仕掛け。男は七とくナイフを使い出す。

「こうして彫って、針金に挟んで、雪でカモフラージュする」

「そこへ餌を乗せるんでしょう」

「そうなんです。知ってるでしょう」

「兄さん達がやっていて、わたしは捕われたカケスを、掴ませてもらうくらいでしたわ」

「そう。女の子ですものね。そうでしょう。僕はこれを真似して作りましたね。それがなかなかむずかしい。自分の仕掛けで、自動的に捕えるのは出来なかった。僕が仕掛けるのは、棒に縄を結んで、遠くで引く方法さ、あれは的中率がいいんですよ。ふるいに足を踏み入れたらお終いですね。ふるいがばっさり被さるんですものね。それに比べると、これはちょっと失敗の方が多い」

「どうして。仕掛けがまずいの?」

「手作りでしょう。こうした針金と棒に板切れのばね仕掛けは、鳥の動きに反応しずらいんです。野兎の場合は、兎自体が動き回り、その度に締まる具合に作られているけれど、これは、一度の反発力を応用しているので、ちょっとしたミスが、不発に終るんです。それに鳥は、あの頭や目の如く、しょっちゅう細かく移動させるでしょう。あれが失敗にも繋がるんです」

「そうね。籠の中でもよく動き回るわね。鳥ってせっかちの代表みたいね。それが罠を逃れる原因なんて、ちょっとおもしろいわ」

「えてしてそう言うもんですよ。勇猛なライオンとか象、水牛など、案外捕え易いらしいですよ。

向って突撃するでしょう。それで、まんまと罠にかかるんです。ここいらでは熊ですけど、あれも、人に立ち向うのがうまく仕留められてるんです。それにひきかえ、リスとかイタチはとてもむずかしい」

「イタチ類は放っておくでしょう」

「でもニワトリがやられると腹立だしくなるんですよ。大人達が怒っているのを知ってるでしょう」

「そうね。がっかりするようでしたけど、血を吸うだけで、肉を残して行くでしょう。又かと言って料理して食べていたみたいね。イタチって悪名の割には、行いがスマートなのね。冷静さとゆとりかしら」

「いやあ、イタチは聞いただけで、臭い塊みたいですよ」七とくナイフで板を裂く。

「ずるさの感じはあるわね。それにしてもスマートよ。鳴き声一つ立てず、朝鳥小屋へ行ってみると、きれいな姿でニワトリが死んでいるんでしょう」と男の注意を寄せ「これがヘビの場合どうでしょう。ニワトリは狂って叫び、家に居る時は勿論、畑で働いていても小屋へ呼ばれるんですものね。家の人達も、想像がつき、腰をあげるのを渋るんですけど、あの鳴き叫びでどうしても行ったわね」

「あれは不快でしたね」

「ヘビに決ってるんですもの。こげ茶の縞模様のヘビだったり、青大将。時には、小さなヘビだったりするのね。どうせ卵なんですけれど、家が燃えている騒ぎね」

「僕はとにかく、あのかん高い声に身震いしましたよ。小屋の中に逃げずに、身構えているヘビにもぞおっとしました。多くの動物は人の気配で逃げるでしょう。ヘビときたら暫くは人をも凝んでいるんです。かなり退かずに考えている、憎々しいヘビ、とてもずうずうしくて。卵を狙い、親鳥が鳴き叫び、狂い飛びしているのに、平然としているヘビ。本当に打ってやりたいわ」

娘はヘビの話に夢中となる。男は板を彫り、針金とセットする。それにしても、娘の意気込みに七とくナイフも作用が鈍る。

「あのシーンは、映画なんかでも駄目。物語で読んだってとてもとても、ヘビと卵とニワトリがわたし達に与える強烈な、わたし達の感情を完全に破壊する緊迫性ったら、どう表現すればいいんでしょう。神経を錯乱させるのね」

男はなだめる。ばったんこは失敗に終りそう。針金は曲がり過ぎてしまう。

「あんなやさしい卵を産むニワトリを、狂乱させるヘビは断然悪者ね。ここに住む動物の犯罪者ね。悪魔かしら。

そうなるのも、ニワトリが好きだったのと、あの出来事のせいですわ。ある日ね、家のニワトリが一羽居なくなったの。田舎って案外、あの放し飼いをする割には、居なくならないでしょう」

「そうでしたよ。ニワトリは、手拍子の合図などで、夕方には小屋に集まりましたね」

「そうなの。いつもは二十羽近くが揃って集まるのに、その日は一羽少ないのよ。遅れて帰るのはたまにあるわね。姉さん達はそう思っていたの。〝遅れると畑で夜よ〟など冗談言っていたわ。わたしにも捜すようにって。こんな調子ですから、その日は戻らぬまゝでしたわ。やはりのんびりしていましたわね。二、三日経っても〝どこかに迷い込んでいるんだろう〟なんて。どっちみち、ニワトリ一羽ですものね。

ところが一週間経っても戻らず、ついにそのニワトリは、居なくなったものとされてしまっていたら、どうでしょう、芋畑の中で発見されたのよ。仕事に行く途中でよ。どうしていたと思います。卵を六個も抱いていたの。なんてかわいいんでしょう。発見されても身動き一つせずに、羽根をふくらませて、じっとしているの。母さんは喜び、わたしはとても嬉しかった。暫くはニワトリに独り言を言ったりして、眺めていたのを覚えている。わたしよりもニワトリに語り掛けたかったのね。

そんなことが相手にも通じてか、普通は卵を抱く鳥は荒っぽくなっているのに、そのニワトリはおとなしく、母さんに掴まれ、胸に抱かれたのを良く覚えている。今思い返してもとてもすばらしい、ほのぼのとした感じに打たれるの」

その時「出来ましたよ！」と男が言う。自動ばったんこが雪に据えられ、ふるいもセットされている。あとは雪でカモフラージュし、トウキビの餌が撒かれて罠は完了となる。

早速この手順が終り、二人は宿へと戻る。ヒエを撒くならばスズメもかかろうが、スズメは軽い。しかもスズメは、ふるいにつっかえ棒にしてある、縄を引く方法が一番良い。あの味の良さも知っている。だが若者は、カケスを見たい。ふるいの中でびっくりしているカケス。高尚か下品か。彼等にあるのは単なる追憶。そう思いましょう。縄も引きたかろう。あの胸のときめきを知っていよう。犬ソリとスキーの他は、カケス捕りが子供の楽しい遊び。冬は子供を家に閉じ込める。

若者を呼び戻しましょう。屋内は生活の跡、古里の化石がころがる所。娘よ男よ、まだ馴染まぬように。宿は遺留品。部落の面影を留める所。生きた化石となっている。物語を期待するならば、宿の主に任せなさい。君達は若さを求めて招かれた。奥山は喜んでいる。カケスも出迎えよう。雲が現われ、カケスも飛んでこよう。いたずらの狩は大好きと聞く。だから子供の罠にかかるのさ。さあ、雲が大きく胸を開いている。カケスが飛んでくる。

一休みする娘と男は、カケスが今日のお相手、休んでいても罠に心が行く。

「どうかしら」

「そうですね。行ってみよう」

かんじきで歩くと、遅々として進まない。だがどうもふるいは倒れているらしい。

「康男さん。うまくいったらしいわよ」

「そうですね」

そこは男の脚。駈けている足にかんじきは浮いている。朝照りに続く、曇り空も加勢していよう。

固雪は男の蹴りを黙認している。娘は順調に近寄る。

「かかりましたよ。これ」

「本当。こんなにうまく捕えられるのね。押えられて苦しそう」

「ちょっと驚いてるでしょうね。こんな狭い網の中ですから。いつもは、こんな広い山を飛んでいるんです」

中腰になってのぞいている二人。カケスは諦めている。

「きれいね。こんなにきれいだったかしら」

「そうですね。僕はこれくらい美しい鳥とは、思っていましたよ。あの頃は珍しくもなんとも、なかったのですけど、それでも美しいとは思っていたんです。カラスやキツツキ、トンビなどが主な鳥でしょう。カケスは一番きれいでした。この色です」

「本当にきれいよ。あの青紫と金色の茶との配色、本当にきれい。頭とくちばしもとてもかわいい。すてきな鳥ね」

「そうでしょう。子供時分には、一番美しい鳥と思っていました。大人はもっと知っているんでしょうけれど、僕はこれ以外知らない。ウグイス、ででっぽっぽうの山鳩もいたけれど、どちらも捕えられなかったし、木の幹や枝に止まっている姿では、このカケスの方がよほどましでした」

「ウグイスは声だけですものね」

「いや、美しくとも、はっきり観察するのがむずかしかったせいです」

「わたしにはウグイスが声ばかりか、姿も美しいとの印象が強いの」

「実際良く見ましたか」

「山でさっと飛び去るのくらいでしたわ。それでも、あの水色がかって、薄黄のところもあり、赤い斑点もあるふうな、やはり青緑の鳥と映ってる。とても小柄で上品でしょう。それが気に入ったのね」

「僕もれい子さんが言う様な、ウグイス像でしたよ。一際鳴声がさわやかで品格があり、声が通っていましたものね。でも、ちょっと僕には、その姿がひ弱で冷たく映っているんです。それに比べるとこれは、きらびやかさの中にも、盾循した素朴さがあり、土地の趣があり、この形がとても田舎びてつつましく、味わいがあると思うんです」

言葉と鳥が一緒になり、男は腰をもっと落し、金網の上でカケスの翼に触れていた。尚もカケスはじっとしている。褒め言葉を喜んででもいる如く。出迎えた鳥だもの愛を喜ぼう。

娘はどう察していよう。もしや娘に、カケスが一匹の捕えられた鳥に映っているのでは。

「ねえ、わたしさっき、一羽はずれて、卵を抱いていたニワトリの話をしたでしょう。わたしこのカケスで又思い出して。その一羽はね、とてもかわいそうな日を、過ごすことになったのよ。ニワトリは頭が悪いのね。あんなに仲良くいつも、一塊になって、庭や畑で餌をあさっていたのに、その一羽が戻ると、よそ者扱いをするのね。皆にいじめられるのが、とてもかわいそうだった。一番いけないのが雄鳥よ。とさかのある勇ましいあの雄鳥なの。リーダーは雄鳥でしょ。それがいじめるんですから」

「何だか、僕がこのカケスを捕えているのみたいですね」

「いいえ、あなたのは、雄鳥が雌鳥をいたわっている格好よ。あのニワトリも、そうして欲しかったんですわ」

二人は手を取り合ってにっこりする。カケスはそのすきに、もがき、鳥の毛が散る。おもしにされているふるいは、カケスを圧している。

カケスよ心配するなかれ。客は生捕りを企んでいる。そんなに早く迎えた故に、驚いているのさ。娘の腕に抱かれ、鳥籠に入れられる。待ちなさい。その籠で、もっとかわいがり、昔の友を語るだろう。あの頃の子供達、今遊びに来てるのさ。もしもあの籠に居た先祖が生きてるならば、さぞかし喜びを語り、話の宴が開かれよう。さあ、代って二人をもてなしては。娘は籠を持って来る。その時語る話をば、子供と歌ったあの歌で、膳をこしらえ、教えてくれたあの言の葉で、膳を潤しもり立てよう。伴に歌い、伴に語ったあの友を、先祖に代ってもてなそう。

あの頃の子供がくれた豆やきび。三食おやつと仕えてくれた子供達。泣けば飯粒、叫ぶとお水。クリームの匂いの漂うあの水コップ。子供の手にて満たされる。子供の指が懐かしい。きざんだ野菜、デザートぶりも満点に、子供の仕えでいつもはつ剌。食後のお歌、子供の会話、仕えが飽きて伴に昼寝。日短かの冬の帳はすぐ降りる。子供の挨拶そして長い夜。子供達の良い夢を願いつつ朝となる。

さあ、先祖の友をもてなそう。きっと喜ばれるその姿。鳴かずとも客は全てを知っている。餌われる山鳥はカケスだけ。スズメは大人が嫌い、子供も真似る。他に山鳥は多くいるけれど、家に馴染まず、余りに野性。人の声を教わるカケスには、子供をなごます良い仲間。ミカンの箱で満足し、殺さぬ限りお伴する。オウムは都にいるけれど、この奥山にあの時代、オウムの姿は天上人。子供には、カケスが愛がん鳥でお姫様。楽しい仲間。

真似とはしゃぎ、子供は繰返す。呼んであげよう人の声で。子供の国はここにある。子の友、人の子の友。鳥の世界が子供の世界。鳴こう、歌おう。子供の歌を。カケスが歌うその歌は、子供の世界、子供の歌。どんな人の子も歌わぬ歌を、カケスが子供のために歌う歌。この寝ぐらが真のものならば、カケスは大王、いつまでも子供と友に暮したい。藁蒲団に桜の止り木、塀も扉もしっかりと、防備は万全に城の中。夜はすやすやと子供の夢に、明りを忘れて眠られる。

やって来たその籠が。娘はそれを持っている。にわかこしらえのその籠を、大事にかかえて主のため。

「さぞカケスには狭いでしょうね」

「そうですね。不安のどん底に落されるんです。いつ殺されるかとね」

男はしっかりと、ふるいの下のカケスを掴む。

「さあ、入りなさい。こんな狭い居場所もあるのさ」とミカン箱へ。

カケスは右へ左へ、上へ下への逃げ惑い。狂った鳥とはこの有様。どうしてこれが鑑賞に。哀れむ娘、考える男。

「びっくりしてるんですね。こんな広い土地からこの小さな箱ですものね。まるで監獄よ。野鳥にそんな世界があるかしら」

「本当さ。この自然より籠の鳥です。カナリヤ、オウムならば幸せでしょうが、このカケスでは不自然さ。カケスは山で飛ぶ鳥、里に降りるのも誤りです」

「いつ落ち着くかしら」

籠をのぞく娘も不安。これでは哀れな鳥の狂乱場。

「これは時間がかかりますよ。捕えられた野性の動物です。鳴いたり、餌に応じたりと言うのはいつのことか。カケスがそれを理解する日ですよ」

「カケスがわかるの」

「わかりますよ。毎日の生活で、野性化を脱却するんです。人のずるさですが、鳥がそれを悟るには、人に化身する以外無理ですね。人はこれを食べるんです」

「康男さんは経験あるのね」

「あります。これはとてもおいしい。スズメよりまずいですが、ほぼ同じです。兎よりはずうっとおいしい」

「野蚕ね。こんなきれいな鳥まで食べるんですもの」

脂を金網に当る娘は、カケスの飛び跳ねにぎょうてんする。

「それ、鳥は懸命です。どんなに憎んでいるか。それと恐怖におののいているかがわかるでしょう。現在の僕達はカケスにとって、家で飼っている時の猫ですよ。猫はどうしてもカケスを狙いますし、カケスはとても毛嫌いする。カケスの叫びと、猫の諦めの情景、あれですよ僕達は」

「そう言わないで。わたし達悪気がないんですもの」言いつつカケスに語る。

「わたし達はね、あなたをじっくり眺めたかったのよ、カケスさん。わたし達のためにきれいな衣装を被ったまゝ、昔を語ってくれるのは、あなただけよ。あとの野鳥は全部駄目。十何年ぶりなのに、隠れていたり、すぐに避けてしまうでしょう。あなたとは再会なのよ」

カケスは跳ね続ける。踊っているともとれようが、それにしても舞台が狭かろう。晴れ舞台には、山のバックが欲しかろう。そんなに現をにらまれては、山の小鳥になり失せよう。山では美声の鳥達が、歌を競ってやかましい。カケスがどうしてもてはやされよう。羽根を競えばハヤブサまで、山を荒らす鳥あまた。ホトトギスよどうしよう。

「感傷的に見てはいけないんですよ。僕達は幼い頃、箱の中にいる鳥がおもしろかったのさ。動く鳥がおもしろかったんです」

「今のわたし達には、それが失われているのね」

「そうだとも。こうして捕えても、あの頃のわくわくする高鳴る心が、ありえるでしょうか。思慕のおもしろさに変っているんです。あの頃のカケスが、こんなにはっきりした山鳥だったですか。こんなに逃げまどう脅えたカケスだったでしょうか。別物なのです」

「では無駄な遊びかしら」

「いいえ。このカケスを注意して御覧。小じんまりし、いよいよ小さくなってしまうのを感じませんか。ぎこちなく凝り固まっているのを。それは丁度いつも会っている隣の子供であったり、過去の諸々の品に接した時の印象にそっくりでしょう。あの頃のはもっと生き生きしていました。大きくも映りました。活気がありました。こうした逃げ腰のすさまじさとは、異なるおおらかさがあったでしょう。僕達にそれがわかる自体、こうして実際に昔の仕方で、捕えてみる意義があると思いますね。

過去と現在の相違、子供と大人の相違等、そこには相対する世界があるのを、如実に知りうるのです。あの戦争の世の中、そしてこの平和な世。どんな世も同じに映る子供の世界に、大人の批判がましい社会。あの頃にどんな暗さがあったでしょうね。どんな乏しい思いがあったでしょうかね。毎日が楽しかった。戦争は無条件に嫌いだった。それなのに僕はいつも母と兵隊に行くと、言っていたらしいんですよ。母がいれば平和だったんですね。安心だったんでしょう。僕にはその記憶が定かでないんです。覚えているのは、三勇士の木造り玩具で、あれは喜んで遊んでいましたね。山奥と言う地域差さもつくづく感じますね。これがもし開けた土地であったなら、僕達は訪れたでしょうかね」

静まるのは、若者のみ。カケスは娘が持つ籠の中で跳ね回る。娘もカケスより、男の話、回想に耽ける興味に走りがちとなる。カケスはやはり鳥、そして野鳥、山の鳥、素朴な味で、彼等を古い奥の地へと招待する。利口なカケスも案内役。

「良く戦争って言葉が出ましたわね。わたし少しも戦争らしい経験がないわ。そんなものが現にあったのか、今でも疑っているの。わたしにとっては幻ですわ。ここにあったのは平和と豊かな部落の人達の心だったと思うの。争いなんてあったかしら。わたしは知らない」

「あったでしょうね。人の住む所ですから」

「今考えてでしょう。わたしには楽しさのみ。そして親切、やさしさ。だって富山の薬売、あの薬屋さんは、わたしの家で泊って行くのよ。一年に一回訪ねてくるのに、隣の人よりも親しく、あの人が来ると、家が正月になったみたいだったわ。おもしろいお話と、すてきな薬をいっぱいはいった薬箱を、しかも新しいのと取り替えてくれて。しん薬、仁丹が良かったわね。頭が痛いと言ってなめたりしてね。熊の胆その他の、苦いのも懐かしい。何よりも、薬の他に、わたし達に油紙の風船をくれたでしょう。あれが嬉しくて、あのおじさん、今はどうしているかしら」

「やはり売って歩いているでしょう。全国を回っている組織ですからね。僕もあのおじさんは知っているね。やはりお客としては変っていましたものね。何段もの薬の入った行李を背負って来、言葉のなまりがおもしろかった。とにかく話が上手で、あいきょうがいいでしょう。とてつもなく大きな風呂敷で、元気な声で玄関に立つ、おじさんのイメージはとても強い。今ならば、さしずめ、サンタのおじさんでしょうかね」

「ほがらかで、母さん達が用意した御膳の品を、ぱくぱく食べるのも覚えてる。とにかく陽気な訪問者でしたわね」

幾らか彼等のおしゃべりに耳を傾けているか、籠の鳥は止り木に身を固める。

「カケスさん、わたし達はどう思えて」と箱の鳥に問う。カケスは解せず飛び回る。

「恐れてばかりいるわ。これでは当分親しむのは無理のよう。逃がしてもいいわね。帰りに恨まれるのも厭でしょう」

「そうしましょうか」

ミカン箱の横の板を引き、手を入れる。カケスは更に狂って跳ねる、だが男にしっかりと握られる。嘴を向ける。口を開ける。カケスは必死のもがき。

「とてもかわいいですよ。ちょっと考え過ぎでしょう」娘に問う。

「かわいいとかわいそうでは、大分違うわ。そんなに怖がっているでしょう」

男は考えてしまう。それは男と女の相違。つややかな羽根、鳥の呼気が伝わってくる。驚きなど、それは戯れとなり、嘴は餌を求める口となる。

「よしましょう。放すならいつでも放せます。せっかく捕えたのです」

寝藁を替えた籠を思い出す。幾ら馴れていても、その時には良く跳ねていた。手の甲にも瓜の跡を残したりもした。糞の塗りつけられたその藁は、山鳥の匂いに満ちている。その匂いのするまでに、幾日を経よう。捕えたばかりのこの鳥に、どうしてそんな染みが浮き出よう。

新しい敷き藁を喜ぶ鳥を、放つ時の感触、あれはそのまゝに残っているが、替えても匂うあの鳥籠は、飼って初めて試せる味。

「そうね。自由な野鳥を捕えて、すぐ馴れなさいと言うのが、間違いなのね。宿に置きましょう。唯一の山の仲間になるわ」

カケスは放たれる。娘は鳥籠とともに山の歓びをとり戻す。

「カケスさん。ずうっとお相手してね。仲直りしましょう」

金網に頬を寄す。あの驚愕は小踊りとなり、カケスは幸福な案内人。そうさ、この曇空、この空は君のもの。曇った空、雪に閉ざされた山を降り、子供の居る庭を目差して、よく飛んで来た。冬こそ、子供と遊ぶ月。冬こそ家に招かれて、納屋のおこぼれを頂く客。更に招かれ、召される鳥は、籠の鳥とはなって冬を越す。奥山の姫、山の生娘。きさくな心が気に入られ、カケスは家のお嫁さん。

「不思議に思えませんか。宿の人だって、カケスは無理と言っていたんですよ。僕達がふるいでとっていたのは、真冬か十二月ですよ。こうしてかかったのが特例ですよ」

「それも思いようよ。春の風が吹けば、カケスに興味があったりしまして。冬だからカケスも飼ってみたくなったのですわ。雪が緩むと、イタヤの蜜と猫柳でしょう。それにもっとあったと思うわ。でも記憶に薄いのね」

「大人にはいろんな行事があり、確か楽しい季節であったと、想像されますね。子供とは縁遠かったらしい。れい子さんが語るのは正しいですよ。僕の感覚との相違でしょう。何しろ、カケスとくると豆鉄砲、紙鉄砲が同時に蘇えるんです」

「では昨日、既にカケスを思い浮かべていましたね」

「そうです。時々妙に七とくナイフが滑ったりしたでしょう。カケスがちらついてね」

枝を裂いた切り端を取り上げる。それをカケスに先を向け、竹をしならせるしぐさ。

「持ってくれれば良かった。ここでカケスは別にして、雪の上で豆を飛ばしたくなった」

空に差し、曇空に冬の景色を存分に連想する。男には格好の天気。これはカケスを捕えたあの冬の日。

「でも家の中でするんでしょう」娘が言う。

「実際に遊ぶのはね。カケスの箱がある近くで遊ぶんです。大豆も食べますからね」

「的はどうなりますの。カケス?」

「いいえ。少くも、カケス、猫は避けましたね。両方とも大の仲良しです。狙う猫も、時たまですものね。冬と猫は付き物で、又僕達の相手さ。猫はいろんなのに結び付きますよ。餅、甘酒、お団子、カボチャと豆を煮こんだの、納豆、アンカ。その一つ一つが猫と一緒になって、各々が一枚の絵となっているでしょう」

「そうね。それはわたしも同じですわ。こんな折に康男さんの口から先に語られるなんて。わたしはここに着いて、ずうっと思っていましたの。むしろ、わたしはあなたに、その情緒を、どうすれば蘇えらせうるのか尋ねたかったの」

「これも昔の子供の網膜に映った、一情景であって、今僕達が望んでも、不可能ですね。あの頃に繋がるだけで、多いに意味があると思いますよ。カケスはやはり大事な獲物です」

鳥籠を抱いて回る娘。幸福なカケス。今こそ迎えた報いが遂げられる、先祖の恩も今ここに。すばらしい奥山の子供、やさしい娘。

「カケスは美しいでしょう」男が言う。

「いつもわたし達、一歩退いて眺めていたのね」

「そうだとも。カケスは部落の乙女。家の守り神さ。神とはそんなものさ」

男が奪う。娘は雪をつまんで口にする。

「そのカケス康男さんにあげるわ。カケスが一番好きなんでしょう」

けらけらと笑う。娘はそんなに笑う女であったろうか。娘もカケスになったのでは。

「勿論もらいます。これはすばらしい仲間ですよ。もう一人の彼女さ」

娘は雪を男に投げる。男は我が身で受ける。カケスに当ってはかわいそう。カケスは娘故に。

「僕も雪にでも転がりたくなった」

篭は雪に、男は娘のそばへ。

「急にどうしたの」

「何故かおかしくなって。あなたの文句がそうしたのよ」

「あゝ、乙女ですか」

二人は肩を叩き合って笑う。ぬかる足元も忘れ、篭を遠ざかる。

「乙女ってね。とても不似合いよ」

「ではどう呼ぶんですか」

「山の鳥、野の動物よ。家のニワトリ、膝上の猫でいいの。庭の葵、山のコブシの花よ」

よく当てたその言葉。娘は真に奥山を知る女。子供であったのに、どうしてこうも奥山をのみこもう。その理解こそ真の客。カケスが迎えた真の御客。

カケスは代表しよう。部落の娘がどう健気であったかを。自然に生き、奥山を育ての親にする娘達。あゝ樹木のように育ち、山を飾る。子馬の如くうぶ声を家に響かせ、野で育つ。どんな都の風が要しよう。風はいつも八方より、部落を包み、家を清めゆく。自然な風、部落の口にあった風。春はしとやかな潤いを乗せ、夏はむせる緑と水と、花の香が漂い包む。小鳥も動物も吸った風。男の健康な汗と、娘達の素肌を通った風。どうして胃をもたつかせよう、この芋の花、菜の花の香りを。秋風と呼ぶその名は捨てよう。狐の里のあの熟れた味と、畑の土の匂い、麦の香り、菊の苦みも、豊かなゆとりと大喜の花ふぶき。なぜ悲しかろう、この大手で迎える奥山の秋を。山ブドウの酒を飲もうではないか。澱粉の焼き皮を食べよう。クルミのあえものを食べよう。冬は真赤なストーブが待っている。又より醸された山ブドウ酒を山野の肉に添えよう。

よりたくましく美しい部落の娘。どうして乙女など。住みなさいこの奥山に。娘はいつもそこに住む。畑の女として生き、家畜を家族とし、野の動物を友とする。そこには本当の娘が生きている。山の空気を存分に吸っている娘がいる。男とともに働いている娘がいる。皆家族とみなす女が住んでいる。恋などをもたらすなかれ。いつも愛を抱いている。野草を愛する娘がいつもいる。弟と遊び、兄と野山を駈ける娘が住んでいる。働き、そして笑い、都の若さも聞いている。耳にする楽しみの大きさは、都の姫より更に多く、より楽園の奥山をもっと知る。

生きることの嬉しさよ。奥山に何がある。そこには奥山があるだけさ。山と畑と家畜と家族。男と女が四季の如く移ろいゆく。巡り巡る年月を愛と歓びで染めてゆく。いつもの男は男、女もいつもの女。山も夏はいつも緑、冬は白髪と、意を凝らしても、あの奥山。望む心の酌量で、ほころぶ娘がいつも住む。川もなびいて流れ、野山は香りに包まれる。香りはどこへ飛んで行く。娘の膝でしなやかに、やがて野原の土の中。覚めた時には草木の一つ、奥山の旅人の心を慰める。

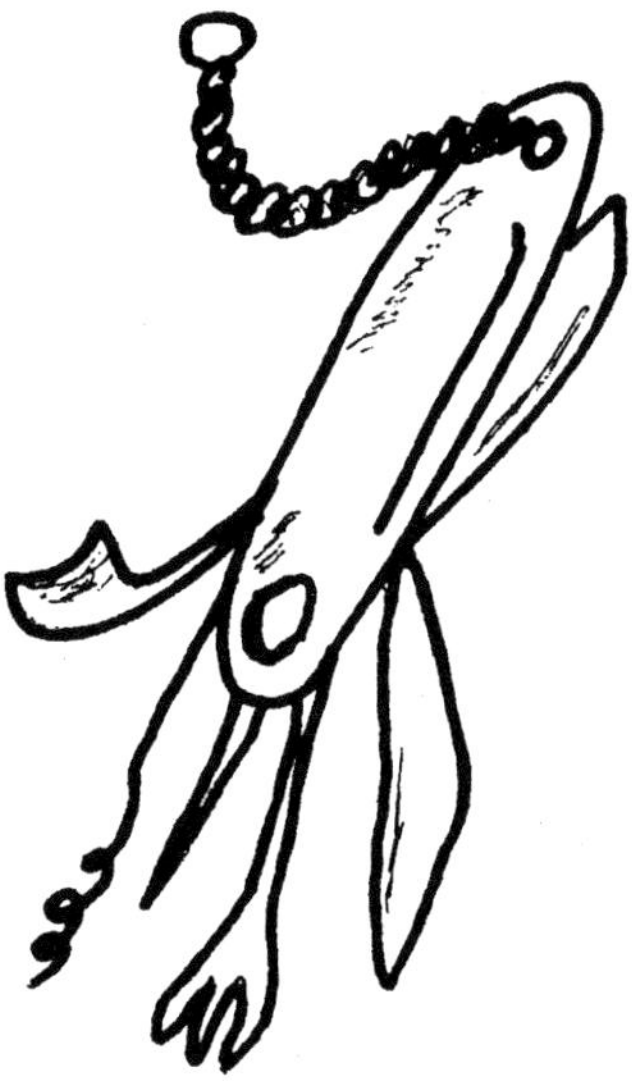

火の鳥

まだ冬ですよ。朝の金砂、昼の山が近づくのに打たれては、奥山の闇に仕打ちされよう。旅人は旅する土地を知っている。若さにも闇は憚らず網を張る。七とくナイフもこれにはどんな効果がありえよう。帷は下りている。部落の帷が下りている。

「もう一度火の鳥の話をしてくれます」

「あれは夕方でしょう。あれは怪奇に過ぎません。してもいいですよ。でも単に妙な現象ですから、もう一度して、今日は隣の娘さんの話を聞かせよう。こう言う夜は丁度いい。下弦の月が恭しくもありますしね。

あの火の鳥は不審ですけれど、僕が実際に見たので教えたのです。見間違えとか、錯覚、幻覚なども言われるでしょうね。れい子さんは、まともに聞いてくれたけど、信ずる人は少いですね。怪奇にしてはスケールが小さく、どうでもいいことですものね。

ですけれど、あれは真実です。何回問われても真実なのです。鳩くらいの大きさの鳥が燃える羽根をもって、すごいスピードで太陽の沈む方向へ一直線に飛び去ったのです。兄も見ました。〟火の鳥だ〟と言って教えましたね。

一昨日でしたか、思い出して言い、それっきりになってましたが、よく、れい子さんは〝火の鳥って何〟と聞き返さずにいましたね」

娘は黙っている。夜空こそ語りかけそうであった。

「火の鳥って、架空の鳥ですよね。それなのにどうして、この土地で、兄達が火の鳥と叫び、それっきりでいられたのか。僕は不思議になるのです。その名を知っているのさえファンタジックでしょう。それなのに、確かに火を吹いて疾失する鳥でしたけれど、一瞬〝火の鳥だ〟と名差して叫ぶんでしょう。すると兄達は火の鳥を知っている証拠になりますね。架空の鳥を現実に呼んでいるんでしょう。どう説明すればいいんですか。架空のものが現実にある。辞書を引いても火の鳥なんて民話や、伝説の鳥です。

こういつも思っているのですが、今だに兄にも問い正さず、独りで、あの奇怪な鳥の存在は自分だけの迷になっているんです。火の鳥と言う言葉があり、家族の者が知っている。それも僕と一緒に確認してそう呼ぶんですよ。ですから、僕の中には、本当に火の鳥がいるんです。考えたり、教えてもらった話であったり、物語に現われるのとは区別される火の鳥なのです。現実に飛んで行った鳥なのです。実在性についてはあの時話しましたね。

もしれい子さん以外の人に、あの様子を聞かせると、次のような否定がなされると思う。一つ、夕陽に染まって、山鳥の羽根が反射していたのではないか。二つ、戦闘機が通過したのでは。三つ、兄が驚かすつもりで一羽の早い鳥を指し示して〝火の鳥だ〟と叫び、子供の僕は誘導されて火の鳥の映像を見たのである。

これ等はいづれも僕の説明で否定されますね。あの生々しい火の鳥の説明で。れい子さんはわかってくれた筈です。今僕が右の三つの疑いに対してくどくどと反論を下す自体、火の鳥の存在を否定します。火の鳥とはとにかく火で燃えながら飛ぶのですものね。

飛行機とか反射光など、科学的な論証にも思えますけれど、飛行機の場合は、機種、時日など諸種の問題があるでしょうし、反射光にしてもこの土地に生息する野鳥となると、限定されて、的中するのは非常に困難です。火の鳥を見るのも非科学性とすれば、火の鳥を追求するのも科学以前の問題なのでしょうね。

僕は蛍に似た性質のある火の鳥がいることを信じますし、ここに住む人々、あるいは住んでいた部落の人達は、火の鳥を知っています。川面で聞える山降しの音頭、山へ向って飛んで行く火の鳥、これは土地に相応しい実話ですね。それが消えてしまう時、この土地は死を意味するでしょうね。仮りに新しい町村に衣替えするならば、それはある民話が亡び、他民族、異質文化になるのと同じです。

やあ、ついうっかりして、火の鳥談議になるところでした。隣りの家、その娘さんについてでしたね。あのさみしそうな目、冷く光る星を眺めていると、語りたくなりますね。

隣りであってもひどく離れているでしょう。れい子さんの家とは逆の方へ遠いんですから、れい子さんは連れて行かれなかったのでしょう。それと、女の子なので家族の人達が話すのをよしたのですよ。幾ら話題不足の山奥でも、子供にはもっと増しなのがあったでしょう。僕だって、大きくなって内状がわかったのです。子供の僕がどうしてわかりましょう。僕には珍しい家であったまでなのです。

狐の里をどっちへ曲った山林であったか、確か両側がずうっと藪になっており、細い草道をかなり歩いて、ようやく着く所でしたね。この道が、普通の一番広い一本道を折れてなのです。この一本道にしたところで、馬車の轍がいつも同じになり、二本筋平行に雑草の生えるのを押えて、地肌を露出しているのと、人が歩く部分が、これも細くなったり巾広になったりしつつも、筋になって砂礀床を露呈している、山奥の道路ですね。各家のは、その枝道になるんですもの、その家など大変な距離のため、私道は草が生えたまゝでした。こうした部分については僕の記憶に残っているんです。家の形とか、内部の造りになるともう駄目です。珍しい食べ物、異様な雰囲気ぐらいなのです。

そこにはとても親の面倒みのいい娘さんがいたそうなんです。病弱な母親をかばって、力仕事になると、父親と一緒に働き、母親の真の仕事は、家事と言っていいくらいだったそうですよ。家畜を山へ連れて行ったり、山では伸び盛りの枝をナタで払い、帰りにはそれを背負って帰えり、家に着くと井戸水を汲むであったらしい。

山の仕事はつらいですね。女の人には重労ですよ。では疲れてぐっすり眠れるのであったろうか。むしろ娘と父親だけの働きであったならば娘さんはせめて夜だけでも体を安められたらしいんですが、母親としても、三人の家族であり、三人の労働が必要とあらば、少々体を痛めても働いたのでしょうねえ。痩せ型な上に、母親は婦人科が悪かったのです。それと、今ならば肝臓とか内臓の複雑な病気でもあったらしい。細身で弱いときては、それは端の者よりは、娘さんなどは母親の体をカバーすべく痛感したのでしょう。とにかく昼の労働は直接母親の身に響いて、夜は不眠状態になったのです。娘は親達の部屋へ呼ばれたり、居間に戻って薬を飲んだりしている母の面倒をみて、朝雄鶏の声を聞くこともしばしばあったらしい。

そんな娘の体もやはり痩せ型であったのです。しかし骨太で、実際は非常に健康であり、母をかばいながら、とても元気な毎日であったそうです。ふけた顔立ちでもあって、畑で働いていると、母親と間違えられたらしい。部落の人達の御世辞も手伝ったでしょうけれど、なよなよしながらも良く働いたのですね。どう表現すべきか、丈夫な体格ながら、虚弱に映る女性があるでしょう。その娘さんはその型だったのです。とかく働き者の女性は田舎に多いですね。彼女はそのタイプだったのです。若い割には色っぽく大人びており、それにしては純情で一途と言う人が多いですね。その娘さんはその一人なのです。母代りに仕事をすれば、余計にそうでしょう。父親の相手になって働けば、土地の婦人になりますよ。

急に大人びてしまうと、どうでしょう。都会の人でも子供っぽい娘さんを好む傾向がありますね。それは人によりけりですが、やはりかわいい感じが、大人っぽい感じより好かれますね。彼女は決っして子供っぽくはなかったのです。成育しきった肢体、大人の言葉使いなど、彼女はどうも大人にみられがちなのです。部落の青年は、彼女を少女よりは、婚期を迎えた女性と受け止めたらしい。因果なもんですねえ。より若い娘に声を掛けたがる青年も、婚期に近い女性となると逆に敬遠してしまうんですね。その前に唾を付けたがるんです。円熟した女性を、そっくりと頂くのがいいでしょうにね。皮肉ですよ世の中も。

一生懸命に働き、親に忠実な娘さんが、どうして部落の若者に避けられるのか。こんな理由で彼女を家の中に閉じ込めてしまうのは、余りにむごいのでは。これでは山の神の如く厳しいですね。童話にも白雪姫のように沢山のこうした娘さんが、仕合せに導かれる筋は一パターンにもなっている。どうして彼女が不幸になるんでしょう。

ここが問題です。彼女は本当に不幸だったでしょうか。彼女は部落の若者に目もくれず家で働いたのです。母の面倒を見るのが楽しかったのです。母親の仕事を覚えるのが嬉しかった。母親が補助みたいでもありました。母親が友達にもなっていたのでは。そうです、彼女には家庭が全ての社会であったのです。父親も親であるのと友達の両方を兼ね備えた存在になっていたのです。

人はその社会に馴染むと、そこで自分の居場所を設定しますね。生徒はクラス内で、青年は青年団内で、学生は学生と言う大きな抽象的な横割りの社会で。その娘さんは家庭に自分の生き甲斐を定めていたのです。陰うつであり島国根性、末期的症状などの表現はあるでしょうけれど、その娘さんにすれば、家に閉じこもるのが一つの喜びになっているのです。母親の世話に加えて、父親の手足ともなる。家畜も自分が飼っているつもり。どうです、こんなに自由に動き回われる社会は、やはり少いでしょう。彼女にすれば、彼女が中心なのです。家は彼女でもっているのです。

そうなれば、畑仕事など鼻歌でこなしました。馬さえ使っていたのです。馬車の手綱も引きました。近隣の人々には大人なみの挨拶も交しました。彼女はすっかり仕事と部落を知り尽したつもりになった。そうなると生活は充実しました。先生も勉強も嘘みたいでした。部落や家庭の小むずかしい慣習も安易で余計な存在にも思えた。母親達が額に汗する畑仕事はとても楽でさえあった。母親の倍もの仕事量をこなし、ある時は、意志と体はしっかりしているものの、菊の花にかせてしまい、すねや腕などが水ぶくれみたいだったそうです。そんな姿を偶然かいま見た人は、同情したそうです。これだって隣り同志が離れているので、他人の家族をのぞくのさえ、時たまなのですね。ましてやその家は山林の中にあります。

ではこんなにしてまで働き、家庭内を一つの生きる目的として、日々軽快な気分で暮らしていられる娘さんは、一体何才だったと思います。それが十五才なのですよ。こう述べるのは、その人が十五才の年にみごもったせいです。」

奥地の夜は特別に星空が近く映る。山と木々のせいであろう。星が近くなるが故に、他方雪原のこの土地が狭雑で荒涼となって迫る。手招きしたくなるあの星。あれはシリウス。娘は北国での星にロマンを求める。男の物語を指南として。

「部落の女、家族の主婦として働く十五の娘に、懐妊も又、彼女の喜びの一つであったのです。異常とか不道徳の汚名をあびせるのは簡単でしょう。少女が妊娠すれば反社会と決めますね。ところが、その娘さんに、そんな批判がどうなのです。彼女は一家の主婦なのです。立派な家庭婦人です。

彼女はいつもの娘さんでした。母親にも忠実な娘さんとしてね。懐妊の初期から家庭では承知であったのです。それ以前の段階で、その家庭では納得のいく行為であったのです。悲嘆に暮れるどころか、それを知った日、赤飯を炊いて祝ったそうですよ。父の子であり娘の子であったのでね。この家庭にとっては久方ぶりのお祝であったでしょう。長男、次男と、男の子を二人も戦地で失っていたんですものね。この奥地、しかも開拓部落で、男手がなくしてどうして農業がつとまるんでしょうね。全くその家族にとって、土台を外された思いでしたでしょうね。父親は口ぐせに言ったそうですよ。〝こんなことでは戦争だって敗ける〟て。

当時は次々と子供を生んで、家族の労力を補給する源としていたらしく、大方の家では七八人も子供がいるのに、その家ではその娘さんで終りだったのです。その家庭にすれば、呪っていたのでしょう。弱い妻と娘が一人ではどうなります。大変窮乏していたらしい。

例えこのような事情であっても、我が子を懐妊させようとする邪悪な男がいますかね。その家では諸々の条件によって、成るべくして成ったのです。その家族にとってこれが自然であるならば、当然この結果を喜ぶでしょう。その家族にとって、戦争や部落がどうだったでしょう。ひたすら、家の安全を願ったと思います。

部落は彼等に対して温かであったのです。一集落として、それは当り前でもあったでしょうか。一家がその事態を幸いとするのを、どうして部落が排斥したりするでしょう。そこにはボスも際立った見識者も居なかった。皆でかばおうとしたのです。そのための会議とか約束も同然に不要です。娘が順調に身重の様を明らかにするにつれて、人々はより口を慎んだ。事実を知る者の固い口であったのです。この事実が微妙でした。部落の人達の事実とは各自が信じている不倫の疑いなのです。一応疑いではありますが、各部落の人にすれば、各々の確信であり、一つの事実となっている認知でした。

彼等はその娘さんの父親が力なく宣げる、私生児をみごもったとの噂は、極めてあやふやな噂として聞き入れ、内心では〝皆守ってあげますよ、あなたの子が立派に育つことを〟と契ったのです。〝なんぼ大事にしまって置いても、娘だすっちゃ〟と言った具合でした。

部落の青年は迷惑だったでしょうが、その娘に限って、彼等も安心していたようです。父親が大変なかわいがりようでしたからね。それと、幾分、父親の口実も理由とされる点はあった。結構、無声映画もあり、娘も夜の道を歩き、その他父親と一緒ではあったが、村の中心街へと用事がてら、遊びに行く日もあったのです。それは幸運な逃げ道であったでしょうね。とにかく、娘をかわいがるのはひと一倍ですものね。家庭環境から判断して、愛情と野良仕事の厳しさとは盾循せずに、理屈は通るのでした。だがそれがどうだったでしょう、部落の人々は父親が本人と固く決めてしまっているのです。部落の人々の不安も、そこに逃げ場を設けてあったのです。

その父親は、案外、村の中心街へ行く人ではあったらしいですよ。僕達がお目にかかった珍しい食品等は、そこに原因があるのですね。それとは異るあの活動写真は思い出しますねえ。狭い講堂にぎっしり人が詰っている中で、弁士が活弁を振っていたのをね。結構、あれで文化ってのが行き渡っていたんですね。

それで僕は自分勝手な想像をするんです。私生児の相手が父親であるのは、事実ですから認めるとしても、その娘さんは意外と、そうした文化と称する、都の文物に憧れていたんではと。そんな際めて期待の薄い願望が熱情となっていたんではと。まあ、これは僕の戯言でしょうけれどね。

さて、娘さんは子供を生むのです。その時ばかりは母親に大いに世話をかけたらしいですよ。へその尾からうぶ湯、産後の看病に至る、それは忙しかったらしい。十五才で初産ですから、その驚きや、精神的動揺は想像されますね。母親も病人になりかけたらしいですよ。二、三日は娘とともに寝床にあったらしい。それでも喜びはひと一倍で、赤ちゃんの世話をする母親は、何十年ぶりかで自分が生んだ嬉しさであったそうです。一家には久しぶりに明りが差した様子であったのです。女の人、しかも母親ぐらいの年令の人には、それが生き甲斐ぐらいに晴やかな気分になるらしいですね。御産は一瞬の苦痛以外はすばらしい生涯の一ページであるらしい。

その娘さん、十五と言うのに、それはしっかりしていて、産は軽く、しゃんとしていたらしいですよ。お産の軽重は人により、大変な差があるらしいですね。そんな年若で、もし重かったらどうなったでしょうね。僕はこんなこと無知ですが、僕の母がある機会に話しているのを又聞きしたのです」

娘はちょっと渋い顔をするが笑うのみ。星のようにクールに対している模様。

「十五才ですので、嬰児など毛嫌いして、避けるかと母親は心配したそうですよ。それが彼女にあっては非常にかわいがり、真実、彼女の子供としてかわいがるのだったそうです。反社会性など、それは、母や父親のとり越苦労だった。そんな具合で、彼女は一週間足らずで家事を手伝ったらしい。若さ、そして体質、健気な娘心だったのでしょうね。

言い遅れました。赤ちゃんは男の子でした。かわいさ、嬉しさが倍加するでしょう。一人、男が増えたのです。どんなに小さくとも男です。父親は早速、その家の子として役場へ届けました。いわば養子になるんでしょうね。まあそんな七面倒なのはどうでもよいとして、子供の誕生ですので、隣近所の人は出産のお祝をした訳です。まあ、誰が行っても、その日の雰囲気は、それが父親の不倫の子であるのを証明している、歓喜にみちたものだったそうです。そうでしょう。部落の人達もそう思っている。

これでめでたしなのですね。平穏であるのを皆望んでいるんですもの。泥は泥、糞は糞として、土地の人々は良く認識して暮らしているんです。この状態であれば良かったですね。この奥地はこうした美しさのある土地でもあるんですしね。

母親の病弱な体が撒いたその種を、母が刈り取るならば、家庭にとっても平和が続いたでしょう。ところが、その種はより邪険に生長してしまうのです。半月足らずの酔いは、母親の悪化、そして待ち受けた死で異常さをもり返えすのです。

母親が亡くなると、その家を訪問する人はより減ってしまい、うらぶれた家、山林の一軒家の様相を呈すんですね。丁度、野良仕事の繁忙期であるのも加勢したらしい。本当に猫の手も借りたくなるんですものね。小学校の生徒でも充分使われますね。その家の忙しさもさぞやと思われるんです。悲しみと過労に、その娘さんは、いよいよ骨身に透みたと思うんです。十五才です。母の死後、誰に女性に関する相談をすればいいんでしょう。それがとても嬉しんであれば、やはり異常ですね。

娘さんは、母の生前どおりの生活ぶりに努め、家の中は時にそっくりであったそうですよ。畑仕事も父に敗けずにやり、どうにか従前の暮しは行われたのです。

弧独と言うか、人間は孤立状態になるのはいけませんね。出入りが減るのがいけないんです。ましてや、この家庭に於てね。もっと良識のある温情が必要でした。部落の人達はただ、不倫を黙殺しているだけの、単純なものだったのです。この土地にすれば必然でしょうけれど、二人家族に対する用件どおりの生活を部落の人々はしていたのです。どうしても二人は疎遠になりますね。あの不道徳性もがどうしても頭にあるんですね。父親と若い娘とその子が住んでいる家庭に、どうしても不吉で呪われた悪感をもよおすらしかった。その娘さんの赤子を背負った野良姿、たまに訪問した折の子供の泣き声、どれもこれも、近所の人達には不吉であったのです。それは哀れみを超える一種の精神の圧迫であった。息が詰まる思いなのですね。それは、ある落ぶれた、しかもその恐れのある、自分達の邪鬼の面をした一面であったのですよ。これは僕がそう信ずるんですが、その娘さんと父親の家には妖気が漂っていると思えたのですね。

短い夏が過ぎると豊かな秋なのですが、それは樹木の葉や実、雑草の花などであって、大量の穀物に笛、太鼓と称するには地の果てだったらしいですね。芋、ヒエ、エンバク、麻などでしょう。北国の開拓農民には、収穫期だって厳しかったんですね。そこにあって、二人の家ではどうであったか。新生児に励まされて、その年は収穫も例年の量を確保したらしいのですが、冬になり雪に閉ざされると、家庭はどうしても急速により異常に進展し、親と娘は夫婦の様相を呈するんですね。

二人にとっては仕合せな日々だったらしいんですが、家の位置上の不便さ、二人の陰湿とも思える生活ぶりに、人々は次第に訪問を渋るようになったのです。

冬に訪ねると、お茶を飲んだりして長くなるのですが、その家でそうしたもてなしを受けた人は、娘さんの何とも一家の主婦らしく、悟りすました様子に、感心するとともに、哀れみを覚え、長居しずらくなったとのことです。母親として言葉を交わすべきか、単なる娘とするか、あるいはなりゆきどうりに、主婦とみなして扱うべきか迷ったのです。動作、立居振舞は娘、十五の娘であったらしい。若者の好む雑談には目を輝かせたそうですし、大人の言葉使いにも、どこか子供っぽさがあった。どうしたって彼女は十五、六才であったのです。訪問者は、同情と己の心の乱れで、帰ることを先に考えたらしいですよ。

当人はどうであったかが問題でしたね。娘さんは相変らず幸福でした。お客の居る前でも、父親をやはり夫として扱うような面があったそうですよ。むしろ娘さんは、客に対し、これを示したがった程だそうです。青年などは完全に彼女を通常の若者、普通に話し合える人とはみなさなかった。彼女はそれにも平然としていられたのです。彼女にすれば、かえって都合良しとしたそうですよ。その人には父親が夫として存在すれば、それで満足であり、彼女の日常は心身ともに安泰でした。赤ちゃんもすくすくと育ったそうですよ。父親の鼻歌をも、耳にする者が多かったと言います。馬車に娘さんと、新たな息子を乗せて部落を行くんですね。僕が思うにも、これは追い詰められたと言うべきか、逆に最も濃厚な親族の愛情にひたっている姿とも、受取れるんですよ。その情景は誇らかであったと想像します。

幾年もこの夫婦の生活をこの土地で継続させてやりたいですね。現実には二年で、終止付が打たれてしまうのです。男の子も母や父を呼びますし、部落の人にも、少い機会ながら抱かれて、あやされる場面もあったそうですよ。そんな日、父親が思案に暮れていたんでしょうかね、この子を大きくして跡継ぎにするんだぞ　こう意気まいていたのにもかかわらず、収穫を終えると急きょ態度を変え、部落の人達にこの土地を去ることを口にしたそうです。

部落の人々は、当を得た身の振り方であるのを、喜んだそうです。予想される対策であったのです。二人にとっても期する何かがあると人々は推測して、通常は部落の誰かが去るのをとても淋しがる人達でしたが、この一家に限って、人々は送るのを陰ながら喜んだのです。二人にも運を摑む機会があり、部落の者は二人が自分達の疑いを明かすのを避けたかったのです。それと、素肌をのぞかせられるムードに、うんざりしていたのでしょう。それは部落に現われたりする不審な男を、村の中心地まで送る習慣にも比適したのでしょう。

あの頃は朝鮮人が来ましたね。僕は知っていますよ。夏だか秋でしたか、夕暮れ近くでした。とても静かな、もたついた舌で話す中年の男でしたね。ひょっこりかまどの辺りに立ち現われたんです。切り出せずに、もぞもぞしているんですね。母はびっくりして、すぐ父などを呼びました。僕は子供ですから、それから、どんな話し合いになったのかわかりませんが、その男はおにぎりを食べたのと、父と兄が送って行ったのを覚えているんです。それと母が震えるようにそっと〝朝鮮人〟と教えてくれたのもです。

今思うとその男は、日本人であったようですね。だって朝鮮人が自分で明かしますか。父親達は風貌などで、朝鮮人と決めたようですね。当時は口調が軽かっそり、陰険ならば朝鮮人と命名したのです。母が注意したのもそのせいです。あの日は穏やかに、そして親切なもてなしでしたが、朝鮮人はかまどの入口で、手をあぶったりしていただけでしたよ。おにぎりもそこで二個食べ、あとは弁当代りに持参させられたようです。家の中は緊張しておりました。危険な事態であるのは僕にもわかったのです。

父親達が帰るまでの不穏な感じと、送り返して家に着いた後の賑やかさ、あれも覚えています。強烈な印象です。ずうっと怖さの方が残っていたのですが、朝鮮人については、僕自身、そっとして日が過ってしまいました。それでよかったと思います。充分でした。此の頃は僕なりにわかるのです。

すぐ横道に反れますね。その娘さんと父親は部落の人達と別れの会ももたれて、部落を去る通常の一家として、これも当時のなりゆきであったそうですが、村をも後にしたとのことです。」

冬が消してしまったのか、昨夜まではあったのでは。若者は憎しみたかろう。春雪が意を尽したのさ。雪も降らずに消えたなら、それは悲しい。元々なかったと宣げる、季節の風でもあるならば、訪ねた魂の清めに刺をさす。春雪は思いを込めて化粧をする。それも冬を忍んで化粧する。今となってはつかの間の命。春狂いと呼ぶなかれ。昔を忍ぶも限りあるものの定め。春雪とて想うもあり、ふと悲しみに暮れ、衣を被う。若者が揺るがせたとも思いたい。眠っている。娘の家も男のも。その衣の下で魂のみになった、あの家が厩が。葵の根、エゾ松も。千日草の種さえも。残っているではないか二人の胸に。鼓動の波を良くさぐりなさい。いづれ劣らぬ、粒揃いの貞廉な響きを。

「わたし達のために降ったみたいね。スキーにもってこいだわ」

滑りなさい。雪に未練があるならば、滑りなさい。きっとそれには飽きて、消えた我家を思い出す。

「壊してしまっているので、どこも同じ雪景色ですよ。十年前の土地がわかったなら、大したもんですね。おぼろな記憶にこの奥地でしょう。家があったのが不思議ぐらいです」

「だって現在、あの宿みたいに生活している人がいるのよ」

「あの方は奥地の魅力にとりつかれた人ですよ。こんなに広い土地を自分の所有にして、どうするんでしょう。大農場を夢見ているんですね」

「あら失礼よ。立派に大農場でしょう」

「イメージが違うんですね。それを聞くと大抵の人はコンクリート造りのサイロ、どこまでも広がっている田畑、牧場を想像しますね。ここはどうです」

「それは余りに立派な、教科書に載る農場でしょう。オランダは風車、北海道は牧場などと決めている頭が、教科書的な証拠よ。どれだけそう言った地帯があるかしら。やはり一部なのよ」

「まあ、いいけど」と男はそこいらを一周する。娘も後を追う。これぞ本物の雪。スキーをよく導いてくれる。そうさ、これこそ春の気まぐれな雪。幸いである。こうした雪こそ、凝った人々をなごませる。固雪ばかりは、どんなに魅力があろうとも、毎日照らされ、魅せられるなら、いつかそなたは景色を失い果てる。単調な上に抜け殻の絵を、どうして再びいつも眺めえよう。

二人は失われた我が家を求めている。そこが我が家の道と、思いつつ滑っている。

「わたしの家くらい、何かが残っていていてもいいわね」

「でも畑にしてしまったのさ。あなたの家も畑の中に、家があったんでしょう」

「ここら辺りよ。あの山との距離で判断してね。全部畑なんてむごいわね。不人情よ」

ステッキで雪を突く娘。粉雪の下には、さくさくする生固まりの雪。掘れば我が家の跡と誰もが思う。

「恐らく耕作に使用しているならば、絶望ですね。だって開拓した農地が、山林の面影を留めていますか」

「いたわ。数人でかかえる切株があったでしょう」

「内にもあったけれど、たった一本でしたよ。記念に残した格好でしたよ。現実にはやっかいなので、放ってあったんでしょうがね」

「腐ったのかしら」

「それと、他人に渡った場合、最初に開いた人に生れる喜びと、観点が異なるでしょう。開拓者の記念碑にもなっている物体が、買受人にすれば、耕作地の障害物になりますね」

「それでも不人情よ。ここで暮らしを共にした人ですもの。家が建っていたっていいくらいよ」

「れい子さんの家は立派だったと思うよ。それでとり壊され、居残った人達の造作材料になったのだと思う。れい子さんの家が縁側があったりして、あの当時、とても上品な構えの建物と思ったのを知ってますよ」

「そう？　わたし忘れてしまったの、どんなふうでした」

「詳しくはねえ、それこそあなたの家でしょう。僕はれい子さんの家が、大工さんによって建てられたものと思ってるんです。僕の家なんか土間があったりして、どうしたって父が部落の人達と作った、言わば掘建て小屋の一種ですよ」

娘と男の記憶は子供の判断。それでいいのさ。頭に留めてあったのが優れている。今は雪面の如く白くて良し。開けゆく地の家屋など、いつも土に埋れゆくのを待っている。家は主人を送り地に眠る。それが全て。雪こそ墓標。春の化粧を添え給え。これぞ極意の装い、そしてもてなし。踊りなさいそのスキーでいつまでも。

「溝のような小川はあれでしょう」

「ある」と男に合わせて雪面に視力を注ぐ。

「窪みがおかしいでしょう。地割れ様になっているでしょう」

「ああ、そうねえ。あれですわ」

滑って行く。幾面もの雪面が折り合わされている地形。これこそ山の畑。ゆるやかさと小川、これが自然な家の条件であろう。

「そうよ。洗濯場でもあった、かわいい川なのよ」

スキーで雪をくずす。もろにはまる。

「助けて」完全にめり込んでいる。

「それで底でしょう。十幾年ぶりにかわいがられるのもいいでしょう。そこで水遊びもしたんでしょうしね」

「意地悪ね。これではしかられてるみたいよ。泣いたりすると、納屋へ連れて行ったりだったでしょう。わたしはいい子だったのよ」

男に肩を持ち上げられて、小川をのぞく。雪くずれの跡には、極く僅かに水がにじみ出ている。

「わかってます」

晴れた日に乗ったスキーになっている。

「懐かしさもこれではおじゃんね。小さな時分に、いたずらし過ぎだったのかしら。川には蛙やヘビの主が住んでいる、伝説が多いでしょう」

「でもここにあるのは昔の川ですよ。それもお父さん達が開いた川ですね。民話や伝説は、苔の生えた歴史に、支えられている、地方にあるのであって、ここには自然な小川があるのみですよ。それもほんの少し、開拓者に手を加えられてね」

「そうよね。わたし達に、仕打ちをするなんて。あんなに慣れ親しんでいた、第二の炊事場でもあったわ。井戸は飲み水、ここは洗い清める場であったわ。野菜も体も」

「畑の水撒きも、家畜の飲み水も、芋の葉を害虫駆除する、消毒液もでしょう」

「康男さんの家も」にっこり笑う。

「僕の家ので言っているんです」

「あらそう。でも全くもって似ているわ。芋畑は広かったわねえ。実際もっと広かったように思われるわ。だって芋の花が一面に咲いている畑は思い出すわ。花の後にはグミの実そっくりの、粒みたいなのがあったわね」

「そうでしたね。芋にも種ってあるんですね。今でも僕は不可思議ですけれどね。開墾した所へ、二つ割りにした種芋を踏み付け、同じ足で土を掛けて行くのは、覚えています。その季節の、のどかな様子もちょっと頭にありますよ。肥料の匂いがし、小鳥がさえずっていました」

「わたしは断然、あの咲き揃う芋畑ですわ。その畑へ行きましょう。ここから一帯がそうなのよ」

滑って行くが、どこも雪一色。どんなに滑り歩こうとも、ただ雪のみ。端を越えると山になってしまう。二人は子犬が庭を戯れるように畑の雪を行ったり戻ったり。

「僕にはねえ、あの消毒している様は、はっきりとしているんですけれど、花の咲いている芋畑は、彷彿としているのみですね。僕には、ポンプを背負って歩いている父の姿ですよ。僕にはとっても珍しかったんです。細いパイプの先にタコのエボみたいなのがあって、それが花のように、消毒液を散布させているんです。そうです、思い出しました。噴霧器って呼んでいましたよ。その通りです。すばらしい霧なんですね。あのステンレス様のポンプ、パイプに連絡するんだ、父が背負うと普段とは別人にも映るのでした。時々降ろしてはポンプの頭の部分の、取っ手をもむ有様、あれは空気を圧縮していたんですね。バネが軽い音を立てているのまで覚えています。僕にはとても珍しかった。すばらしい農機具の一つでしたね。いや機械らしい機械の最たるもんですね」

懐古の種は多くとも、雪原はあくまで雪原。化粧のつもりも、二人にはやゝ倦む思い。ひとりでに境へと外れゆく。駈けたくもあろうこの畑を。どんなにここを駈けて行ったか。それは忘れまい。子供達の最大な動く機械。静止した絵の中を、赤茶けた煙を盛り上げ、くねらせて又山間に消えて行く鉄道。あの煙を見るならば、必ずや待ちたくなる生きた煙。鉄道は本当に生きていた。山裾に煙をなびかせ、畑にはその吐く息をとどろかす。〃あんな坂こんな坂。あんな坂こんな坂〃と。子供はどの子も聞いている。その調子でいつも通過する鉄道を、子供はいつも待っている。

さあ行きなさい。二人は軽便鉄道が通る道へと向っている。畑と軽便鉄道とは同じ位置を占めている。子供の頭脳の半分は、あの鉄道で占められる。二人とも走りに走った畑より、過ぎ行く皙しの感激を今も留めよう。走った息切れの胸を、高鳴らせ、材木貨車を数えていた。それは畑で転んだあせりのためだ。木の間に隠れた機関車は、早や吐く息が荒くなる。泣きそうな顔、年上の子がなだめて〃あんな坂こんな坂〃

「やあ、コクワの味がしませんか」

男は山が懐かしい。

「汽車じゃないの」

「うん、僕も思っているけれど、ブドウやコクワが先になるんです。ここを越えて入って行くんでしょう」ステッキを差す。

「康男さんの方はそうだったわね確か」

二人は畑の端、山裾に着いている。

「こうなると絶対に、わたしの家があった土地ね。だってこの麓を壊そうったって。汽車も走っているんでは」

「そうですね。ちょっと聞けば良かったですね。ひょっとすると、まだ夏には走っていますよ。あれ、あのように筋になって雪の川ですよ。曲りくねっているでしょう」

「でもここは特に雪が吹きだまるんですよ。小さな草木は、雪の下に埋れているんだわ。わたしの家だって、形を留めていたのはあの小さな小川だけでしょう。ここもきっと廃止なのよ」

「淋しいですね。あんな汽車ぐらい走っていてもいいでしょうにね」

「そうよ。どっちみち山の木を運ぶのに必要ですのにね。無くなっているとすれば、大きな道路でも出来たのね。こんな山奥は、いずれにしろ、国の政策で左右されるのでしょうしね。開拓も、夢破れて去る人も、皆国のやり方にあるのね。

あーあ、わたし達には無縁だわ。降りてみましょう。汽車の振動が響いているかしれない」

藪をかき分け、きれいな雪の帯に降りる。やはり川と呼ばれるに相応する。

「掘ってみる」と意を探る娘。

「よしましょう。軌道があっても単に冷たいに過ぎません。もしあったなら、錆びているのと、まだつやがあるのとでは、どちらがいいですか。あなたには一番懐かしいんでしょう。かえって迷ったりして。ここに汽車だけが走っていたりして、どこかバランスを失いませんか。あの宿だって、僕達には回想する良い道案内であるよりは、それにブレーキを掛ける不可解な時間差でもって、せっかくのムードに陰を差すでしょう。懐古趣味ならば、満足するでしょうけれど、僕達のように、その地に立ってみて、古そのものを、しかも自分に残っている映像を再現しようとする者には、大道具、小道具は不要なんですよ、僕には、錆びたレールも、光っているレールも無用の長物です」

「考えていることを表現しづらいわ。大体康男さんと同じみたい」

いろいろと位置を目測で計り、確認したがる。娘には収集癖もあろう。ささやかな調度品を持ち帰ろうとしている彼女。女には身に触れる確実な遺留物も、回想にも増して大切になろう。

「今日は七とくナイフ、どんな役割を果しますの」

「でもレールを切るのは無茶ですよ。金切りもあるにはあるんですけれど」

「いいえ、そんなこと。七とくナイフが退屈してるかと思って。だって今まで何かを作ってくれたり、妨害物を除いたりしてくれましたね」

ユーモアもあり、男は七とくナイフをポケットより取り、はねては受ける。

「兄さん達は線路に耳を付けて、汽車が近付くのを当てていたわ。わたしもやってみると本当にわかるのね。とても近くに思えたわ」

「僕もやりましたね。あれはなかなか現われない日でしたね。待ちくたびれている日でしたよ。

いやぁ、いろんなことがありましたね」

「その中でも汽車はすばらしいでしょう。どこかへ連れて行ってくれそうな感じがいいのね。あなたがおっしゃった火の鳥も意があるわ。子供でしたのに、おもしろさに加えるもう一つがあったのね。もくもくと、煙を噴き出す響きとともに、部落に迫り、わたし達の喜んで眺める前を力強く過ぎて行く。最後列の貨車が線のうねりに従って見えなくなっても、暫くあの響きが木々にも反響しているでしょう。近づく時には、はるばるやって来るこの土地以外の、ある強い印象をもって、去るにつけてはどこまで延びているか、未知の世界に向って振り向きもせずに消えて行きますね。これはわたしが今述べているんですけれども、あの時の気持はニュアンスの相違ね。今は頭で識別するのに対して、子供の頃は直感でしたわ」

娘さんそうですよ。あなたが幼児であんなに跳ねたのも、鉄道がおもしろかったのさ。夏には紫色の煙を吐いて、お嬢さん達を呼んで、重厚な音楽を奏でてやって来たのさ。だって皆部落の民は、旺盛な野の息吹で、力強かったせいですよ。お嬢さん坊ちゃんこちらも沢山積んでますよって。野の呼吸に負けずに、精いっぱいの排気音。お嬢さんは芋の茎にてあきらめた。

「茎も枯れて、あちこちに、鍬で起された芋が集められているのと、あの堀り返されている畑を、兄さん達と走って来たのは懐かしいわ。思い切り走れるの。どうしてかしらね。父さん達も収穫で浮かれていたせいかしら。なんだかその頃になると汽車の煙も白っぽく、途切れているみたいでしたわ。

普段黒くなっている煙さえ、褐色なの。汽笛がとても澄んでいましたし、あの精力的な噴煙の音にしても、どこか子供心をかき立てたみたい」

あれが本当の軽便鉄道。部落民に愛される鉄道。収穫物は都へ行く。軽便の仲間である鉄道でさ。軽便は空身で戻るが、実りの宝を積む鉄道は、部落へ貨幣を撒きに来る。あれは正月のミカンのように、部落へ一年の宝船。コクワを食べて眺め、茸を狩りつつ聞き、ヤマベを釣りながらも知る軽便鉄道。そんな日にこそ愛されて、いつも我が身の保全を維持す。

尋常科の卒業生は、例え一人の身にしても、百人もの希望に胸ふくらます。それは軽便鉄道の呼びに誘われて。部落にあっては一生の励み、部落を去る者はしかと胸に答えて歩む。それが秋の軽便鉄道。

男は知っている。その娘より、壮厳なこの鉄道を。

「姉さんも走ったわ。わたしと競争でした。あの走るのが格別ね。次第に高まる汽車の合図。母さんに道で遅れてしまうような、せっぱ詰まった感じでもあったわ。反面とても期待にあふれているスリルなの。あんな思いって、そうざらにはないのね。大股で飛んだり、下駄なんて畑において走ったわ。そうねえ、あの頃靴ってあったかしら。全く覚えていない。どうしても姉さんには負けたわ。姉さんたら本気で走って行くのね。きっと汽車を見たかったのね。あの響きったらせっぱ詰まっているのね。あれでは姉さん達も、夢中になる筈。お陰でわたしもつられて、無事列車を楽しめました。

実際に観察すれば、鉄の枠が数本はめてある荷台が車輪に載っている、簡素な貨車なのです。女の子ですのに、どうしておもしろかったのでしょう。どこでも駈け回りたかったのね」

「そうですよ。あんな子供時分には男女の区別はありません。木に登ったり、石を投げたり、大声で叫んだりですね。山びこがすばらしく帰って来るのを、知っているでしょう」

「そうね。汽車が行ってしまうと呼んだことがあったわ」

「僕は機関士に手を振っていたのを、覚えている」

「あちらでわたし達に、合図したりしていたみたい」

「あの人達、山ブドウのいっぱい成っている所では、汽車を停止して、食べながら運転するなんても聞きました。のんびりしていたんですね。今でも僕はあの汽車はごつくは思えんのですが、そしてかなり勇ましいんですけれど、のろかったと思いますよ。今の乗客列車や貨車にしても、通常のはかなりなスピードでしょう。ここを通っていたのはあいきょうのある村人でしたね」

二人は向かいの山に登る。ごけの裏に続く山である。山雪はより不安定。すぐに中止になり、雪の川に降りる。

「こんな具合かしら、その運転手さん」

スキーを脱いだりする娘。

「ほんの手の届く枝に、垂れ下がっているのを取ったのですよ」

「ワラビやフキも取れたでしょうね。そうこれは春ね」

「夏も通っているんですから、多分途中で摘んだでしょう。僕の不思議に思われるのはそうした山菜、都会ではとても珍重がられるでしょう。そして僕達も珍しいので味を覚えてますね。それですのに、ここには恐らく山程も取れたと思うのに、その味を覚えていますか」

イタドリらしい、枯れた茎を更に切りながら言う。

「むしろ毎日ですのに麦飯が記憶にあるわね。御釜で炊いた麦御飯よ。そうそう、火事、山火事を思い出しません？」

「聞いてます」

「わたし知ってるわ。近くの山であったのよ。原因は汽車の排煙だったの。火の粉だったのね。あれはとても強く吹き出し、火の粉は見えましたよね」

子供の観測も鋭敏。怒りの様ものぞいている。小作りな体躯に似合わず、すさまじい煙を飛び散らす軽便の、せつなさが怒りとなって捌ける口。それがこだまし、山の火を招く。つらい軽便の火の粉を呼ぶ山の神。主である故にそれは応えよう。全てを焼けば我が身のこと、怒り相応に衣を真赤に染める。部落の民が集まろうか。いやそれはいつも秘めた内々の、ふんまんによって焼く業。主の衣が染まって已む。

〃あんな坂こんな坂、こんな坂あんな坂〃開拓の鎌がうなり、鍬が石を割る。つららを砕いて軒をくぐり、背丈の雪を掃いて通う山仕事。そんな日に何がある。壷にしこまれた天然の山ブドウ。上つらの氷を割って柄杓で汲み酒をすする。これが家主の痛みを柔らげ、明日への糧となる。この酒の味、どんなワインが優りえよう。この情景、誰が絵に画きえよう。それはこの地となって眠る。それぞ正にここに眠る土の味。

子はどんな酒を飲む。女は何で心を慰めよう。その米を羨む我が家のこうじ。女手の加減で子に甘酒を、どんなに甘いこの香り。しつこくねばく親の味。子は我が母、我が家、我が土地を知る。強いしこみとする酒は、地酒となって我が家の宴。母は我が家の酔いでこの世の喜び。米こそが一つの未練。

作る楽しみ食べる豊かさ。盛り沢山な皿の上。室を埋り開け、壷の蓋を取り、輪切りの煮付物、湯気立つ納得、これ等が板張りの飯台に載る。家庭細工の調度品。箸に始まり、飯台に至る生木の匂い。自然はかくも多くの必需品を揃える。枝にみがきをかけた衣紋掛、カバを斜めに鋸を用いた美しい壁掛、節くれ立った木を裂いた額縁、柳を彫って咲かせる造花。家は手作り品の競演となる。

くつろいでいる男達の節パイプ、山笹のキセルのみごとさは立派な民芸品。奥山はかくも趣味豊かである。煙突までも真赤になって燃えるストーブは、一家の機関車で、悲喜こもごもを導いている。家庭が即ち軽便鉄道。いつも真赤に燃えて走っている。主はパイプをくわえた運転手。いつも寛大に寛大に怒りを殺して吸っている。みごとな酒においしい煙草。

内地に故郷を持つ大志の人々。苦しまぎれに故郷を逃れた意地のある人。様々な欲望に燃える人々も、家にこそ、最大の憩を求めている。それを助ける山の幸、一度魅力につかれると、それは頼りになる山の主。一家を励ます甘い鞭となる。家の主は手綱をゆるめ、ほろ酔い加減で舵をとる。

娘の恋、息子の出世も山の主に託す主。慣れた裁きをする家の主、それは山の主にこそ、感謝すべきと思われる。季節の声にほだされて、年頃の青年男女は自ら反省し、やがて堅固な意志となる。山に惚れ、家に惚れたその若い民、どこへ飛んでも部落をふり返ろう。どこに他の古里がありえよう。どこにこれより豊かな恵みがありえよう。行きなさい去りなさい、どうしてこの奥山が消え失せよう。楽しみは己の中にあり、いつも歓喜に満たされて、心はいつもこの奥山に住む。軽便鉄道が廃止になろうと、いつも力強い耐えるこだまが鳴っていよう。叫びなさい、山びこが過ぎた日の答をなすだろう。

「あの頃は乗ってもみたかったですよ。汽車なんて乗ったことないんですよ。父達は軽便って、汽車とは区別してましたよ。僕はもっと大きな汽車って、どんなのかと思ってました。僕達ってあの頃、乗物は馬車とソリだけですよ。自転車だってあったでしょうか」

「そうね。わたしも記憶ないわ。全部夢みたいだったのね。飛行機や人が乗る汽車があるのは知っているんですもの。大きい姉さん達の雑誌があったのよ。頭で考えるのがむずかしかったみたい。子供そのものでしたのね。ここにある風景や、実際に生活している現象が全てだったんですもの。考えようによってはすばらしいことね」

「そうさ。子供は天国に生きているんですよ。小さいなりに決めている、天国にね」

娘はかつての芋畑を滑る。男も後を追う。どうスキーを向けても、雪の原であり、どんよりした日であったが、あの家にあるストーブとランプが蘇える。

「おかしくない？」

駈けながら問う。

「母さんがたった一人って、不思議でなかった？」

「変ですねえ」追い付こうとする。

「あの頃真剣に考えてたのよ」

「教えてもらえば良かったのに」

「教えてもらえたと思いますか」

男は黙ってしまう。否定する。娘はきれいに前歯を全部露にして笑う。

「それだけならまだいいですけど。わたしね、母さんがニワトリみたいに卵をお腹から出したとばかり思っていたの。おかしくて」

スピードをあげて戻って行く。追う者がつまずいたりする。

「それからね。お腹を裂くとばかり思ったわ。その跡傷口が母さんにあるのをとても試したかったの」

「で…、あったのですか」

「からかわないで。わたしはとてもまじめに考えてたんですから」

「とてもへこんだヘソがあったのでしょう」

「止めましょう」

息切れして男に掴まる。男も笑う。彼等は五番、七番の順に生れた子。よくも健やかに育ったもの。かく野兎の如く駈けるのは、野の生き物、世は我が物となりえよう。

「あそこだと庭でしたのにね」

「そうでしたかね」

詰まりがちに言う。

「あなた兄さんみたいよ。あの頃はすぐに追いつかれてしまったわ。姉さんよりは思いやりがあったけど、必ず追い抜いたの。あの時もわたしは思い切り走ったと思うわ。とかく存分に暴れたかったのね」

太鼓

例え軍楽でも訪れたなら、どんなに部落の子供は楽しめたろう。二人はそんな金属性の音は耳にしていない。あるのは太鼓の音、そしてラッパの音、あの単調であるにしては、楽しませてくれたラッパと太鼓。二人には唯一の生音楽となっている。

二人はいつもやぐらに意を集中した。あんな珍しく楽しい音があったろうか。二人、あるいは三人が居たろうか、とにかくそこには大きな太鼓があった。しかも銀飾のすばらしさ、白い太鼓の華。あの大らかさ、部落ではとても接する機会の少ない、気品のある器物であった。それはどうしても、都の品であった。二人は打ち眺めた。互いに相手を意にせず太鼓に心を奪われた。今まで二人は互いに一人だけの胸懐に閉じていた。追憶こそ初めて友の形を備えよう。

「そう、あなたも夢中でしたのね。するとわたし達その日に一緒に遊んだりしていたのね」

「推測されますね。だって同じ部落の人達が行っていれば、ゴザで隣り合わせたと思いますよ。まして、僕達は子供だったでしょう。飴ぐらい互いにもらって遊んでいたと思う。子供って仕合わせで無邪気ですよ。覚えているのは太鼓なんですものね」

「とても軽快で、体ごと浮かされるみたいでしたもの、その地は霞んでしまったのね。学校だって、分校に比べるとびっくりする大きさであったでしょうに、どうしても残ったのは太鼓になるのね。でもあんな時代に、よくも立派な太鼓が運動会などに使われたわね。それも不思議」

「民心をかき立てるような道具は、奨励されていたのでは」

「運動会にまで」頭をひねる。

「これはかすかであり、その後に僕自身が記憶の上塗りをしていると、疑ったりするんですが、運動会の会場には、万国の旗があったとも思うんですよ」

「さあ、どうかしら。万国のとなりますと、平和な時代になるでしょう」

二人の記憶は次第に、部落を後にしたがっている。彼等は二度、記憶をたどりたがるであろうか。心は帰途を急いでいる。それは記憶力の喪失となっている。

「あの頃は皆すさんでいたのですか」

「僕に尋ねられても。戦争たけなわであったのは事実でしょう。年表をひもとけばいいのです。てっとり早く、両親などに尋ねると済みますよ。僕達がその時代に幼児であったのですから。とぼけていると叱られますね。ところが僕達には嘘のようなのです」

「あの時代に、陰うつな状況をたどれまして？　いつも平和であったみたい。頭で考える現在になっても、あの頃はどうしたって平和だったでしょう」

「でも、教えられ、学習もした現在は、あの部落も、緊迫した空気であったと、想像されますね。新聞で、戦況を知り、不安はあったと思う。それにも増して、自分達の生活がより不確定であったと、推量するんです。戦争の勝敗が、どれだけ自分達の暮らしを左右すると、考えたでしょう。部落の人々は、大半が現状脱皮をもくろんでいたと思います」

若いのに何故過去を語ろうとする。それは年老いて楽しむ宝物。若くして開くなら、浦島の玉手箱。開けてしまったら、その時はもう戻れない。楽しむは良し、懐かしがるも良し、だが語るは老いてする業。語れば語る程にはまり込む、泥沼の脚。そんなには情熱も、伴をせず飛び去るであろう。過去の若者さえ退却した泥沼に、現代の若者が、よし給え。過去は過去それ自体に根を張っていた。現代にどうして根を伸ばそう。逆らってはいけない。

砂漠はどこにでもある。水や緑に被われた地にも砂漠はある。諸々の砂漠があるのを知るだろう。あんなに美しい乙女にも、砂漠はある。学識者の砂漠、神にさえ砂漠があると聞く。であるが故に、芸術にさえ砂漠があるのさ。あの奥山に砂漠があって、どうして不審であろう。

雪は砂漠でもある。あの雪が友だと人は言うであろう。だが雪は知っている。彼が逃げ去るのを。雪は生物を旅人とみなしている。気まぐれな世辞を述べて、離れてしまうのを。適度に汚しつつ、姫よ英雄よと崇めもする。この世で一番純粋と呼び、白を性質と決めてしまう。清いと褒め、冷たいが故に貞節などとも命名する。とかく自由に詩とする。だがしかし雪は砂漠と思っている。

生き物の命を長らえたりしようか。死す旅人は死に任す。食物などどうして提供しよう。砂漠である。むしろ肌を汚す物。一吹きに埋め尽くそう。溶けるを待つ相手には、いつも隠れて遠ざかる。雪を友にするなどと、それは余りも大きな誤算。御姿の前で誰が血色に優れよう。皆しおれ、硬直し、あるいは氷となってくだけよう。

「あんな太鼓をふたたび、子供になって聞きたいわね。とても平和ではないかしら。すばらしい太鼓。柔らかくボリュームのある音量で、心を踊らせたいの。わたし達が鑑賞する、ドラムなどよりずうっと秀れているわ。ブラスバンドの大太鼓よりも、みごとなのね。わくわくする音楽になっている。今後もあの音楽を求めるのは不可能ね。情景の設定が、唯一無二になっているんですものね」

「良い音楽を鑑賞すればいいですよ。音楽は一種のイメージですしね。運動会のやぐらで演奏する、太鼓に魅せられている子供の有様を、浮き彫りにする音楽はきっとありますよ。己の環境に合うように、作曲されているのは、必ずあるのです。皆そのために、ホールへ行くんですよ」

「そうした単調ながら、わたし達の子供時分を現す曲ができですか」

「そうですとも、僕達は固雪で、すばらしい曲に、幾つも接していたのですよ。作曲家も子供であったのですし、いろんな境遇に人々がいるんです。無意識に生い立ちを、曲にしていたりするでしょう。きれいな響に現を抜かすのも、鑑賞者の生い立ちに関係していますよ」

「かえってわたし達は、むずかしいみたい」

困難であろう。あれは単調な響き、安易な演奏。調子づけの共鳴音。生徒に合わせ、参集者にあくびを殺させる。大きく大きく、騒がしく、そして華やかに。鳴っては休み、驚かせたり、かき立てたり。一日鳴っても結構聞ける道化役。子供は喜び、大人は笑う。くすぐられる笑顔が会場を埋める。まじめに奏すやぐらの音楽。しかし指はおろか、心もよそを向いている。子供も弾ける巻の曲を大の男が空で弾く。トランペットがクラリネットをリードに迎え、どんどんどんどん、こけし頭の棒で打つ。まじめな姿は空な胴体。これが音楽と言えようか。

そうは言うまい。こんな祭はあるものか。奏者は何かに酔っている。子供は祭典、弾く者も何かに、我が身が踊るだろう。部落の男は、街の酒場で放屁で曲を奏すと言う。キツツキの高鳴る山びこ、軽便鉄道の嘆き、倒れる大木の声。それは悲しい祭りとも、おどけた部落の民とも申せよう。

「理屈は不要ね。わたしは好きでしたもの。あの太鼓の全てが気に入っているの。あんな太鼓が部落にもあったらどうかしら。わたし毎日そこへ行ったでしょうね。兄さんのバイオリンは、品があり過ぎて嫌いでしたでしょう。現実、兄さんの腕も悪かったのね。それにあの型、都会的ですのに、どこかみだらな尾があるみたいで、不快だったのよ。

その点、あの太鼓は開けっ広げで、きさくでしたわ。誰にでも親切みたい。太鼓が口を持っているならば、話したかった。きっと話せたのね」

「すごく惚れていたんですね。あなたにも異国趣味があったみたいですよ。僕にすればあの太鼓は、部落に於いて、比較する相手を探すのにも苦労する、部外者とみなしているんです。あんなにも開放的で八方美人は、敬遠したくなるんです。ある種の嫉妬ですね。子供ですので淡い憧憬でしょうか」

「あら、太鼓がついに擬人化されてしまったわね。おもしろい」

「それくらい、僕達には印象強かったんですよ。とにかく運動会のたった一つの残像なんですから。もっとすばらしい見物もあったと想像されますね」

それでいいのさ。絵画のバックまで、詳細に画かれてあったならどうしよう。現象の破壊となる。規範がくずれてしまう。子供の観察は頭の大きな人物となる。頭部だけで即全体である。二人の子供には、太鼓が全てであった。

そうさ、二人にはどうしてあの働く馬を忘れているのか。それは二人が子供であったせいであろう。鈴の音がすばらしいなどと思ったりするのも、誤解であるならば、楽しい馬のみが映っている二人も、あくまで子供の世界。部落の青年であったなら、労働している馬が懐かしかろう。流行の歌を口ずさんでもあの労働は厳し過ぎる。深い雪にぬかりながら荷を引く馬。あせる馬。強い鞭が尻を打つ。それは木の枝、これが柔らかな鞭と言う。真に馬を思えばロープとなる。ぬかるみにはまるなら脚が折れ、命を落とす。馬の捻挫は一家をどん底に追いやる。それは死であり、部落の食卓に載って、労力と財貨を食いつぶす。

革の手綱も、馬には痛みに余る愛の綱。滑らかな愛の鞭も、ひしと身に答え、いななきはおろか鼻水と涙ばかり。くつわで主と結ばれていても、遥か異国の人のよう。返って来るのは額にも届く鞭ばかり。

鈴がどうして詩となろう。それは危険を避ける一警報。曲がった道に、一本条、足場を誤ればきつい鞭、死の予感。主と二人の長い道のり、寒さと吹雪をくぐって抜ける長い道。どこに詩程の余韻がある。月夜には軋めくソリの嘆き、凍る唇。沈黙がいつまでも続く。どうして馬になど生れたか。主も考えるその夜のつらさ。たった一つの灯をあてに歩むのさ。温かい敷き藁を画きつつ、機械の如く雪を踏む。主はランプの燃える我が家を思いつつ。

山降ろしはどうなろう。間違えば主もろ共数石の材木下。これぞ手綱と細い命。馬は主の息子、髪をすき、鼻を撫で、いつも聞かせる苦しみの唱を。息子はじっと耳を傾ける。一歩軒を出るならば、馬こそ我が息子、我が命。主は強くなる。この息子ならば命を共にする子と。そうさ、他に誰が伴をしよう。手綱にかけた二人の命。〃息子よ頼んだぞ〃主は呟く。その息子は正直に鼻声を立てる。任せとの、合図にふさわしい鼻息となっている。主は大豆と人参の混入した餌箱を示す。嬉しそうな表情が主の目に止まる。詩があるならばこの詩と思いたい。

民謡にすら馴染めずにいる、北国の馬の鈴を、どう詩にしようとする。頬がこわばり、歯が軋む、厳寒の鈴の音に、どんなロマンを追おうとなさる。浮世離れに馬も首を振る。動物も涙で泣き、人もより嗚咽に誘われる。鳥はホトトギスと慕われようが、山男と力の馬にどんな鳥が舞い降りよう。

「蓄音機はありましたよね」

「あゝ、ありましたね」

「あれも影が薄いようね」

「大人ばかり聞いていたせいでしょう」

「でも流行歌を唄っていたと、おっしゃったわ。きっとおもしろがっていたのよ」

「それが妙なんですねえ。あったのは知ってます。兄達がねじを回していたのも、覚えてるんですけれど、よろこんで聞いたとか、それで歌を覚えたなんて少しも……。

とにかく、歌が沢山家庭内で唄われていたのは確かなんですよ。畑でもね。それが源となりますとね。今考えても、部落には、新しい文物を、努めて受入れようとする傾向は、強かったと類推します。もしも電燈が利用される部落であったとすれば、ラジオを使用していたと思うんです」

「先を競って購入したでしょうね。多分法外な値段でしたでしょうけれども。わたしの家には、大きな柱時計があったのよ。あのバイオリン型で、音までがバイオリンの胴を伝って響いて来るような、時報は風格があったわ。第一、兄さんは貧弱なカメラまで、持っていましたもの。でも、どれもこれも印象が薄いんですの」

「れい子さんの家は金持ちでしたよ」

「いいえ、大体部落の人は一様な生活だったと思うわ。康男さんは、わたしの家さえ忘れているんでしょう。あなたの家にもあったのよ。どこかの家にあれば、若い人が無理をしても購入したと思うの。それにわたし達、どこの家が貧乏なんて知るかしら」

「そうでしたね。そうした類の、じめじめした感情抜きで、生活しえた土地ですね。子供の印象と、現在を結んでもそうなります。すばらしい土地ではあるんです。開拓とはそうした決意が、蔓延してるんですね。そうですよ。いつも太陽をまともにあびて、躍動する必要があるのでしょう」

そうですとも。あなた方が雪焼けした如く、土地の人々は日焼けしたのさ。自然に焼け、仕事で焼けるのさ。焼けたいなどと望むなかれ。一様に照るにしても、受ける人々で異なってしまう。あなた方は照らされに訪れた。その意欲は認められよう。何故ならいつも一様に照らす方故に。土地の者さえ焼けずに死す者もある。生きて焼けずに居る者もある。構えによってどうにもなろう。奥山とはそうしたもの。

七とくナイフでリンゴの皮でもむきなさい。その果物さえ、奥山は嫌わず照らしても、それはよそ者。幾千本にも背を向けてよそで成る。そうしたものさ。おいしいリンゴもよそのもの。借りた食べ物。よその顔、よその味。

上手に食べなさい。一繋ぎにむこうと、四つに切ろうと、それは己が決めて味をみる。よその人々が、皮ごと噛じろうと、土地の人々は大切に切る。七とくナイフは使いよう。旅人の儀式で優美に光り、奥山で実力を発揮する。

さあ食べなさい。部落の味がするならば、それは記憶を失っている証拠。そんな研ぎ澄まされた舌の刺激は、その後のもの。部落の果物はもっと渋があり、あくがある。あるいは生臭く、すっぱさは人一倍。ある時は熟れて腐り、風に合っては地の上で熟す。そのくどい甘さこそ、優れた奥山の土産品。いつまでも人々の魂で発酵する。

原色はあざやかに、淡彩はより淡く景色をいろどっている奥山も、全てコクワのような味を本質とする。毒気を含む確かな舌触りこそ本物である。あのさわやかな山イチゴにしても、刺があり、きりりと酸っぱいのがわかる。一粒が更に小粒より形作られている、紅色のイチゴ、各粒が舌で針を刺す感じにもなる。あの茎や葉の針も味覚に添えられている。ブドウと共に熊の好物とあらば、さもやとも思えよう。それは熊にもわかる果物、あの山イチゴさえこうした果物。山の味とは、こうしたヘビの肌をしている。他のそれはどんなにくどかろう。

おいしくなるまで食べなさい。リンゴの味がわかるなら、既に都の若者。急ぎなさい。そこからは都の人。

「さようならって言ってあげたいわね。あのわたし達に」

「そうですね。喜んで手を振っている子供に、僕はやはり、手を振ってあげたいですよ。リンゴの一個も投げてやりたいですね。びっくりするでしょうね。危険だと思って、きょとんとしていたりして」

「わたしはオルゴールなんかを渡したいわ」

「どうして、木端微塵になってしまいますよ」男は笑う。

「余り現実的になるのはよして。わたしはね、あのわたしにあげたいのよ。時計などを眺めている子供に。そっと線路に置いときたいわ。どんなに驚くでしょう。時刻とともに音楽が聞えるなんて。どんなに嬉しがるでしょうね。あの子にエリーゼのために、などの録音されているのが渡ったなら、それは抱いて寝るんではないかしら。それを思うと、あの子がかわいそうですわ」

リンゴの皮がテープの渦になって、窓に吊るされる。不意であったろう。娘はすぐに外して言う。

「夢なのかしら。二人の自己が存在しているみたい」

「ナルシストですね僕達は。あの子ったって本人なんですよ。もっと仕合せであった自分ですよ」

「そこが疑問よ」と我に返ったふりをする。

「そんな子に御土産をあげたいのよ。わたし達、あの子に贈物をしたかしら。あの子達は淋しそうよ」

「よしましょう。あの子達はドイツだったかの人形時計ですよ。あの形にこそ喜びが秘められているんです。それなのに都の御土産なんて。余りに自分勝手だと思いますよ。あの子達をこの列車に招待したにしても、やはりきょとんとしていて、それまでです。あの子達こそ、真正直に伸び伸びと、生きていたのですね。例え一定の、柵内であったにしてもです」

「そう言われても、わたしはあの子達に、オルゴールを差しあげたいの、太鼓に見入っている子供に、そっとオルゴールをあげたいわ。きっとある異種の喜びに、ひたれるのは請け合いよ。どうもわたし、このまゝ去ってしまうのが罪のようで」

男は七とくナイフの刃を鞘に納める。凝視している。娘はまだ窓にある光景を、追い求めている様子。男は徐にバックのポケットへ七とくナイフを戻す。うち眺めていては、早くもある種の人形時計が、再び動き始めるのを恐れるかのように。

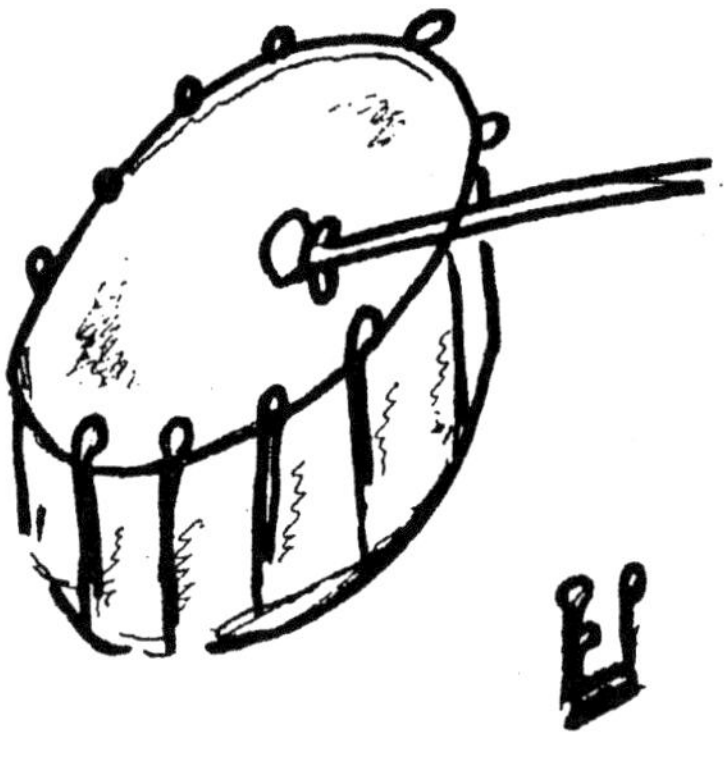

東京を去る

時計の限りある時　　　昭和三十九年

これが最後だったのか
全てが分解されんとしている
打って打って打ってみたのだ
これ以上頑として分解されまいとする
誠意の極みである姿か
はっはっはっ
笑ってやりたい
はっはっはっ
捨てるのだ

涙が染みるその果ては何が来るのだ
遠い計測の誠実か
間違いだ
刻々と胸に迫る計測に励んでいたのだ
自動力の回転も知っている

＜

忘れないでくれ
一度の恋を時の流れに追いやったのも
一度の会う瀬をロスタイムと化したのも
そうだ
山鳥の悲しみの声を覚醒させるのも
刻々と刻むせいだ
時を示さないでくれ
ページに情けの道を印さないでくれ
刻まれる非情ゆえに

刻まなくなつた姿
これを愛さずにはいられまい
失われるものには美がやどる

＜

その音が無慈悲に聞こえないのか
夜のとばりも効はなく
朝の静寂もむなしい
最大の罪はうぶ声に時を刻んだ行いだ
時時時
その性格にある

命に限りを印す冷たさ
別れにベルを告げるつれなさ
全てだ
一時として休息を知らない
恐怖に取りつかれる
それを知る者は虹色の清水を待つのみ
間違いだ
愛は待機を伴う
死も生あるものの美に違いない
刻々と責めよるのは世のものではない

戦いにも美を称える
戦争賛美者だろうか
間違いだ
動静のエネルギーに酔っているのだ
華美をつくした娘
老いがあればこそ愛されるのだ

勝利者
歴史を刻んだ勝利者
ものごとに愛を授けた勝者
限りないものに
限りを尽くした勝者
限りあるものを
迫真力に導く力
はっはっ
なぜか歯がぽろぽろとくずれる

東京讃歌（一）　　一九六四

法事の帰途だった
初めて花屋のウインドウを覗く
通過してしまえば良かったか
立ち止ままって待っていた
予定でもある
一束の花を買ってもみたかった
その香などまったく頭にはない
法事そのことだけ
因習
他に理由などはない

少女の手から落ちる一茎の花
もっと何かが失われる
その子はそれを知らない
だがかわいくはある

<

東京讃歌（二）　　一九六四

地下室は夢想の極致
輝く夜は海辺の魚姫に贈る
境なき瞳はひかりセレナーデを求む
素直な脱皮に磨きをかける

世代の磨かれた石
巧みの髪を撫でさすり
メカニズムのあやなす影を究め
メカニズムの亀甲に十字をきる

真っ二つに割れる頂上
父子孫の細工はもくずとなり
鋼鉄の幻に生きるあきらめ
嘆息も忘れてうたた寝る

<

無縁の美しさを秘めるとでも言うように
与えられる美か求める美か
だれにとっても無縁ではある
とりこになった器の壁穴からながめる
子と花はそれで結ばれる

硬貨を渡す
蚕のような手
ふくよかな微動する頬
世の形容が奪われる
硬貨は毒針となる
因習が思わず身を引き締める
現つの夢が見え隠れする
花は己れの中にある
その花は留まっている
〉

東京讃歌（三）

小部屋に訪れる女性
五体ははっきりしない
いや見えない女なのだ
ひたすら慰めに来る神秘性にある
近づいては消えてゆく
我が息に気遣っているのか分からない
都会の女は賢いと聞く
美しく理知のひらめきがある
彼女は別人だろうか
口付けに無縁な後ろ姿
江戸の女を恋してはいない
彼女は知りえようか
しかし今夜もそこに居よう
それ故か抱擁の温もりを覚える
声さえない

征服可能への被克服
男の欲はそこにもある

東京タワー　一九六四

日本にこの塔がある意義は何もない。東京には東京タワーがあると言っても、聞こえない話である。フランスにはエッフェル塔があると聞けば、あの容姿を回想、彼の国へと導かれる。イギリスにはロンドンブリッジがあると話せば、ゴシック建築の威容さと国民性にも及ぶ。厳格で鋭く、理知とともに計算された美である。確かに窮屈の趣はあるものの、全体としては広がりとゆとりがある。

東京タワーは日本語の「垢抜けしない」に又とない合致の構築物になる。一見洋風でスマートらしくはあるけれども、熟視するや我が国最長を誇る塔も、日本人の座姿を彷彿とさせる。背筋が突っ張る構造である。更に観察すると畳に座してしびれ、隣室に避ける和服婦人、または戦後、老婦人がタイトスカートを身に着けたぎこちなさも連想される。

ようするに腰の重さに比較する、身長のバランス感になる。少なくもあと可なりの身長があれば、幾分なりとも重心の加重感を頂上へと分散させてくれる。他方横への広がりも貧寒としていて、アンデパンダ画家がデッサンするならば、一気に太い線と細い線を二度ほど引いて、終にするであろう。

建築も国民性を抜けきれないのか、抜けきらないのか微妙であるが、五重の塔、お城が根強く保存されているのは意味深い。仏教の痕跡であるかもしれず、東洋の不安への抵抗とも受け取れる要素を、そこに読み取れる。世界に知られるアンコールワット寺院は、東洋モラルの最たるものではないか。東京タワーの及びもつかない民俗性のアッピールとなっている。当世のデモンストレーションにもなりえよう。

より飛躍すると上に発展性がなく、広幅の連帯感がない。下方は秘められたくすぶり、民族の不満が温和な固まりに化けて、大きな座姿となっている。社会の構成にも似ている。国会議事堂等もそうであるい

いずれにしても東京タワーが心にメロディーを適えてくれたりはしない。そう思える。少なくもエリーゼのために」がうち眺めていて聞こえてきたりはしない。ロマンに欠ける。

医者のユーモア　　一九六四

以前より医者は女性の次におもしろい人としていたが、最近KO負けを喫した。医者にも休日がある。よく知らずに行ったのだったが、入り口に入ってそれを知った。相手は世知の巧者なのである。体よく案内され一番先の診察者となって、待つことになった。早く訪れたせいでもある。時間的な理由もあったにしろ、自身にも不意をうつ興味も片隅にはあった。威厳者、医師の鼻っ端をなでる余談性もまじっていた。医師婦人、小間使いさんを驚かす魂胆も片隅にはあった。彼女らの絹の靴下を垣間見たかった。すると現われたのは何と奥様に違いなかった。清楚でしとやかな婦人である。しかし煖房器を携えて迎える、家庭婦人とも貴婦人とも、いや全くもって恐縮して診断を待つ羽目になってしまった。初っ端から数ポイントを失う哀れさであった。

かなり暖まって名を呼ばれた。時計を見ると定時刻の十何分か前である。しかし待合室には誰もいないのだ。奇怪！　妙なとり合せと思った。慎重に診察室へと足を踏み入れる。どうであろう！　湧きあがる熱が、圧力と他の媒体で雪に変移する様が展開された。完全に当人は昇華してしまった。さっと一人の診察が終わる。それに医者は二人いて、衣服を整えており待機しているのである。あたかも繁忙の時でもあるかのようだ。医者は女性より賢いと思ったものだ。

FAN　　　　昭三十九、三

デパート
　最も気楽である。

若乃花
　心地よい勝敗

森繁久弥
　親しみと笑いの壷を心得た表情

三船敏郎
　演技

マリアシエル
　ある国ある地方らしくない人間味

制服の女生徒
　そのひだが良い

北海道大雪山
　連峰の秋景色は異国風である

小田急エクスプレスの音
　危険以上の風情がある。

ジャンギャバン
　全ては貫禄

マダムボヴァリー

限りない我々の夢

& 大阪は「ゴミのまち」である。地方言葉の魔術都市で、女性はその言葉にあぐらをかいている。関西はやはり異国である。何と軽やかな会話がなされていることか。標準語が美しいと考えていた感覚がくずれ、魅力さえ湧いてくる。ある種外国語の流暢さがあり、聞く者を楽しませる。標準語はもって回った言葉とも言われかねず、堅苦しさがあるのを今更ながら認識させられる。大阪弁には圧倒させられる。その利便さ流暢さである。しかしこれを身につけるとなれば、躊躇してしまう。一般の問題であり効用の点になる。愛する女、恋する異性が必ずしも我がものではないように、不相応になる。悲しみがやって来そうだ。

悲しみとゴミは嫌いなものの中で占める位置は大きい。大きなものは、まま邪魔なのが多い。

昭三九、三、三一

& 決断は恋人を失う程度の価値がなければ、恋人の何たるかをも失い、去る相手をも迎え得ない。

& 書くことを忘れる国を知りたい。

＆　人の世は誰かを喜ばせる者が居なければならない。人の値打ちなどと簡単な道であるかもしれない。

＆　師弟関係など、控えるべき言動を肩代わりする欲望の現われに尽きる。

＆　気性の強い女は必ず我が身に男をも手にする。

＆　可愛い女が魅力ある女でないのは自明の理であると同様、美しい女が敵をつくる条件ではない。魅力と敵は彼女のなす行いに露顕はするが、工夫ではない。性格、教養を引き合いにするのは無慈悲であり、形式に縛られすぎる。彼女がいかに対人より魅惑され、また敵になろうとするかの度合いになる。自ずと興味ある人間であるべきではないか。つくられないのが理と条件、に至る。

＆　大阪は水が豊富らしい。工場や家庭で恵まれているのは、何はさておき水が目につく。水飢饉はなさそうだ。

工場　　一九六四、四、一四

労する若者
しみのある熟練者
青白い肌
好まずとも考えさせる
標榜ではないだろう
人は皆喜びの表出を好む
音楽を好み
労働歌を勇ましく唄う
だが悲しみが潜む
コサックの歌
黒人霊歌
軍歌
あのマルセイエィーズ
それにも血の匂いが
歓びの歌はどこにあるのか

<

G君は語る時がない
すっかり奪われている
一人の娘に
G君は死んでいる
冷えきっている

G君は友がない
あの瞳に誘われないとは
恋人の誤解がある
G君は熱誠の男
いつか火の玉も見られよう

G君は親がない
私生児になる
世界の一人っ子
G君よ友は親
差し伸べよう手を

<

君も求めよう
我も求める
労働は歌ではない
労する者の歌は重い
暗黙の嘆きを滲ませている
おし寄せる嵐の目をみる
夢なのか
宮廷の花のようでもある
両極の虚ろな喜びではないのか

G君　一九六四、四、一四

G君は語らない
秘事があるなら
聞きたい
G君は語らず屋
はにかみ屋とも

＞

G君は泣かない
涙がないとまで
柔軟な胎児
見た者は知っている
健やかな子

G君は存在しないと
隅にいるせいだ
人々は忘れている
闇の主は忘れない
G君は口づさんでいる

G君は狂っている
陽光に向かって曇天と
花園は全く解さない
ウエッディングベルが軋むと
魔女の手にいるのだ

生きているG君
何も飼わない鳥籠を持ち
手綱をさげて散歩
空の厩舎
G君は何を育てるのか

& 缶詰はやはり開けてみないと判らない。だが食べてみるのは愚かである。

& 春は良い。春のない地域はまま想像されにくい。身に染み込んでいるのである。春季が失われてる地域はある程度生命の死を意味する。だがこの季節のみの地域は、生きる意味を失いがちになる。

& 人の装備とも言える、表情、服装、言語はその器量に連なり、真価ともなりうる。自己になれば内心穏やかではない。誠に語る場合も相当に嫌悪感におそわれる。嘲笑か冷遇の原因になるためだ。それでも何故かいつも頭に浮かぶ、不可解な代物で語らざるを得ない件になる。

世と総称される社会では、階級と心身とを相応させるのを義務らしく遵守する向きがある。そう強調したくなる。好んでその義務らしき束縛に身を挺するのは、悲惨であり不可解な現象である。外見の美、内心の美、技巧の美、これらの自らも想像し、義務として束縛されるのは神秘で恐怖にも近い。対する者が特にその感がつよくなる。心身一体となって分離されない固体化を来すも、根源から揺るがす訴願めいた秘密性を擁している。人の発生にも劣らぬ生々しい、把握しえない神秘性に満ちている。

我々は幾ら社会の制度と生体の道理を説明、説得されたにしても、身辺のいたる所で目にする。自他ともに見る視点で美の浪費がいかに多いか悟にちがいない。美を抹殺する霊魂に取りつかれる恐怖もある。危険な傷害に等しく心を痛める。そこには美があるのに創ろうとする。そこには人知を越えねばならない美があり、着衣を整え位さえ備えても、残るのは完成されない美が残るのみ。美は食物にはできない。未完の美であり続ける。

人はあらゆる完成の美を欲する。完全にそのものが美の完成に至のを希求してやまない。その初まりが美に適っていたであろう観察者の創造点になろう。

& 習慣は協力な習性であり　武器である。哀れにも時節はずれの下着を脱いだだけで、頭痛かするのは情けない。

筋肉の鍛練された者は別人に類し、その光は威光とも言える。人間の魅力は少なくとも、一つは体型になる。女性は美しいが、威光に乏しい。男の筋骨はそれだけで芸術品である。女性はその全体として物語である。そして芸術品を鑑賞し堪能、物語を聞いて心を清涼にする。このネガティブ姿勢にも健全さはあると、それだけの慰めである。

一九六四、四、二〇

万年筆　　一九六四、四、二三

ひびが入った驚き
指一本を失った
その失意に陥る
数か月も傷をいたわった
一向に回復はしない

だが帰ったのだ
完璧に正装した黒衣
マッチしている
日本髪にも映る
適応そのもの

く

滑りのすなおさ
言葉も発せず
顔も寄せず
身持ちがよい
惜しい

きらめく巷の女
彼女は日中の蛍光灯
明けに輝きを知る
群れをなして輪を作れ
そこに久遠の明かりがある

く

しかしずれとも
聖女が良い
命名しよう
聖女が我が懐に
処女よ来れ

金メッキのペン先
爪先の汚物
黒の帽子
彼女の生地をあがめ
黒の威力を知らしめん

誰に踊らせよう
独りがよい
黙っている娘
相手はあろう
手を貸してみないか

＞

傷跡は消える
典型の美さえ
及ぶまえこの余韻
独り天空を舞う
動揺はしまい宇宙感

書き具とは
余りに因果だ
誰に書かせよう
その清楚さが白い紙に
紛れず写される

誤った
聖女とは恐れ多い
黒の終焉への道
貴女と回想へ誘ったりも
愛する者の手にあるのに

& 著名で難解な哲学、思想ほど、読んで接触感にとどまる文物もなかろう。

& 褒章、褒賞を受けるならば、童心であるべきだ。受けないならば哲人であるべきで、偽ソクラテスは童心を汚す。

& 褒章、褒賞を与える者は、授与される側に価値を与えてほしい。少なくとも授与者の価値よりは大なる誉れを授けたいものだ。冷笑の種は芽が恐ろしい。

& 賞は財産価値を内容とすべきが理想であり、あらゆる権威は誤りである。ただ権威の証としての財は許されるべきである。財は受ける者の意に任されるが、権威は独り歩きする。

S子　　一九六四、五、二

S子は堅気な娘
誰の裏切りにも怒る
ムカデの大足男にも
〈

昨夜は夢に見たと
男に狂いのキス
満足はしなかった
〈

墓に入った祖母にさえ
それでも好かれる
男にも心がある
未熟の桃も
満開の葉に類して

放心の男に
S子はきっと近寄る
メロンを手の平に
タップダンスのステップ

嫉妬ぶかく
相手を虜に
真心を求む
苦しみが増すまでも

〉

あたかも夫の扱い
S子が野辺に寛ぐ夏
幾度隣を望み
大地を恨んだろう
夕闇にS子は消えた

春を羨む男
植木に水を浴びせ
濡れたS子の影を追う
一葉づつに愛を独白

S子は愛を渇望
真心を求める
男の愛は葉に移り
夜空の星にもなり果てる

& 愛すべきは適度の労働と学問である。自己を愛するとは、これの取り組みではなかろうか。
& 著書を読み終える楽しみは、学問とは別のようだ。聞き慣れた言葉である。これを愛人としても悔いはないであろう。
& 夜ソバ売りの笛の音は、深夜への呼び掛けとしても調和されている。悲しくもなく、騒がしくもなく、音楽でもない。コマーシャルとも異にする。
独り身で食にはまあまあの耳には、残る仲間ではないか。
& 工夫と美化に心を注いだ銭湯は、料金が惜しまれない妙な風俗である。珍味と風情がマッチして、豊な地域社会と仲間意識が象徴されているのは心地よい。都会でその場所の浴室と湯ぶねの形に特色があるのに接すると、湯加減も忘れて満足する。他方規格化された建築、内装で失意もする。もったいない感じである。
小地域でさまざまな銭湯に出会うのは、観光地を訪れた気分になる。しかし風呂屋意識で番台に座し、定額を受け取り千年一日のごとく、煙突から煙を吹き上げているのには幻滅させられる。一地方であれば人口の移動はびびたるものである。地域の住民がその日その時によって慰められる湯があれば、如何程生活に潤いをもたらされるだろう。平凡な慣れ飽きた土地に、せめても湯によって観光気分が味わえるなら異論のない工夫と言えよう。料金を支払えばとの意見があるのは当然。それは趣旨に反する。地域のムードをバラエティー豊富にする望みと、地域サービスの恩恵に浴したい夢である。高価品に囲まれたい欲求ではない。

全財産が一室にあふれている幸福者の、五月三日に抱く億万長者の気分である。

貧しい少年　一九六四、五、七

雨雲を予期する目の輪
沈んで探る眼光
肢体を脱ぎ捨てた犬か
屋上で雨雲を貫く感応
骨のみの構え
老いて皮を流すように

五月の喜びが素通りするも
吹流しがなびくも
屋根の瓦よりも興醒めの鬼っ子

雷光を待つ獣
理知の実を守る頭蓋骨さえ
少年のではないように

呼び止める仲間に頭を振る
南風にも繰り返す
草餅の慣れた匂いにさえ
感覚を解きほぐしはしない
飢え悲しみは樹木に
脚の力はボールに託すように

詩人の死

哀れな野の花よ
君達の師は地上を離れた
泥沼の水草を愛撫し
師の柔らかな袖は白雲よりなびく

この春のよい日に

野の鳥よ歌を控えよ
君達の及ばない調べを操る
その筆が歌に涙する
師の喉がモズよりも遠くに
悲しみむせぶ

清い小川の住人よ
それよりも清んだ泉に
赤腹の魚を伴い
銀飾りの小舟に乗って
師の霊が行く

世の者みな迎えよ
詩に読まれた自然よ
師を敬服する者よ

漆黒の世界に光をみる仲間
讃えようその安らぎを

遥かな心の友よ
みな聞こえている
鐘を打っている
和らぐ風となって
悲しみは通りゆく

愛する仲間よ
我らの遺児を守ろう
四海にさまよう子に網を
詩の都市を創ろう
紙の世界を越えて

& 欲していた図書を買う楽しみは格別である。それを枕に寐るなど現つのものではない。

& 久しぶりに数か月も会なかった中華ソバに恵まれた喜びもま又、大変珍重な一事である。値段も味も栄養分までかなり含まれるのは、格好な食物と言える。

当地にこの言いようにぴったりな店を見いだし、折りあるごとにのれんを潜り、お腹を満たすに決める。忘れられない味に謝意を称しよう。もともと千差万別な味を巡るに適する店である。

& 持つべきは利口な妻の外に何があろう。

利発な妻、過激な妻、やさしさを装った妻、ひ弱な妻、これは婦人と称される俗称になる。えてしてこの名称を好んだりする。

& 大阪は商いにも徹しようとはしていない。学問では関心はあってもこの道に徹しようとはしない。文化生活は進んで適応するが、文化が生まれない。住みやすい土地柄と言える。人の縮図が垣間見られるのではないか。日常生活とその基盤にあるものを通して、土地の人間性に接することができる。この心境で住民を見たければ、関東よりも関西が好都合ではないか。そしてこの中心都市大阪に於いて。

…資料、引用無縁…

一九六四、五、一〇

＆　ゆで卵は特別おいしいとは思わないが、幼年時の遠足で食べた味がよみがえるので、好きな食物の一つである。

　どういう訳か小学生の遠足にはゆで卵が付き物で、皆が皆、持参する昼食の添え物だつた。卵がないと遠足ではない気がするのである。ちょうど水筒がないと、遠足の準備が整わないのに似ている。遠足の楽しみは歩くのにはなかったか知れない。食事が待遠しいのだった。それに他の生徒のが格別おいしく思え、皆同じ気持ちではなかったか。

　そして持って登った丘で開く一瞬、それは幼年時代の忘れられない思い出になっている。その家庭にふさわしい、いやそれ以上の無理をした手作りが、ぎっしり詰まっている。そんな時、母だの姉だのと大人くさい考えを巡らせる生徒も、恐らくいないであろう。まず一つを抓む。試食の楽しみである。それにも増して空腹への手導きである。二口めも他の生徒のがどうのと、考える余裕はない。満足感にひたり境遇に及んだりはしない。我が家が小さく見えていても、より自分の幸福をかみしめる。玉子一個は家よりも幸せを呼ぶ。

　この卵を食べていて、実はお菓子みたいでないのははっきりしている。日常食物のほんの一つ、しかも、やや喉を枯らす薬に似て、通しきるのに戸惑う。嫌気をもよおしたりもする。そのため半分くらいで捨てる生徒も。沢山持ってきていて、得意顔よりか困ったと言わぬばかりの表情で、渡し歩く者も。一口に言って卵が、生徒にすれば慣れすぎの食物に戻りやすいのだろう。

　大人になるとこれが生活必需品となり、空気に近くなる。裕福になっても料理として数多く用いる。調理が簡単で使い道もおおい。買いやすく値段も安い。しかも価格変動も非常にすくない。気楽にいつも費していられる食品であるのは間違いない。
だか真のおいしさは、そのような安価な利点ではないのが、噛み締めて分かる。喉の通りずらさは消え、捨てたい気持ちはなくなっている。驚くのは境遇を考え込む対象にするまで、卵の味は変わっているのである。思いだすのは幼年時代の姿のみである。家は見えず登った道は映らず、友もいない。居るのは自ら首をかしげたくなる、奇妙な風景にいる幼年で遠足の子である。その子は呼んでも向きを変えず、応答せずだ。

& 犬によって飼い主を知ると言われるが、この頃の犬はさかしく飼い主に、とって変わろうとする。犬に扱われる主くらい主従の関係を失うものもない。

& 我が身をやつして迄、使用人を雇い続けようとする義理は、ザルで水を汲む情である。

& 小規模の会社に社員が来ないのではなく、来させないのである。確かに会社はあるが確かな形態がない。管理形態はあるが確かな管理者がいない。したがって資金は働いていない。

& 警察国家は好かないが、整然とした社会は収入の幾分かは浪費せずに済む。

& 分限を弁えない者は幼児か犯罪者か、バランスを欠いている。誰でも興味がわく相手である。

& 星よもっと大きくなれ！　誰も星とは思わないくらいに！

& 地平線ほど侮るものもない。永遠に近寄せず、しかもそこにある。

& 人間は互いに接近し過ぎている。でなければ画一視されないのに。

憤り　　　一九六四、五、四

恋ほど馬鹿もない
昨日の花嫁はどこに
墓の中で恋をしている
最上の愛撫と抱擁
彼女は煩わしかった
愛の歌など寒風にも劣る

他の男にささやいているのさ
初夜など男を騙す始まり
男の自惚れを笑う
愛する男は極上のまぬけ
金にあぐらを組む大将が旗をふる
最高のもて男
まて他の男が誇らしく述べる
恋の情熱は学者への力
金ピカの異性を手にする
立派な花嫁に征服感を
威厳に満ちた姿ははち切れそう
だが翌日死亡した
役割を終えたかの遺書が
恋は学問でもあり金銭でも
そこに恋の住み家を見いだし
去って行ったではないか
芸術家よ胸を張るではない

恋は芸術と誇っている
だがそれを実らせない
嘲笑するのが慰めに
薄幸の女を突き落とすなかれ
女神を連れ行く憎悪
厚顔の手は許せない
乞食娘を妻に迎えるがよい
芸術はそこに輝く
真実の花は華麗には咲かない
作品に生きる誠は忘れまい
だか乞食娘の派手を勧めるな
惜しみなく芸術を食い尽くす
恋は浅薄な戯れでもある
巷の人よ口を閉じよ
あくびから異性の歓喜は湧かず
地上を幾らかき回しても
空中の清濁を繰り返しても

誠の愛は聞こえない
不可能に愛を抱く
明けに生じ暮れに死すとも
驚いてはいけない
恋するために死す者も
信じたがらないのみ

＆　大平原に一本の草として死すのが、幸福であるのを知るや。

あんみつ　　　一九六四、六、六

一皿のあんみつに寄せる慰めは甘く涼しい
なぜかって君が待っている
一口食べては思うあの恋しさ
なぜかって君が頬を染めたではないか
一粒の実に瞳を見る
なぜかって君が寄せたのさ
一口で消え去るのはあまりに心がない
なぜかって君がここに溶けていた

一つ心に結ばれた絆が切れようか
なぜかって君は心の中に

一度のキスがなぜ怖い
なぜかって別れは悲しいからさ

一体の神よ私たちのためにあれ
なぜかっていつまでも生きたいから

一九六四、六、八

知っている女

しょんぼりした女
彼女はいつもいる
何が楽しみなのか
しかし楽しそうに
身には同じ服

同じ言葉で

いつも見ている私は
幸福なのか
同じ時に同じ所で
同じ顔を
言葉もかけずに
しかも親しく

姿の変化を希んでも
彼女は知らない
好きな服装よ
とでも言いたげに
黙っていつもの様子
不確かながら忠実に

ある男が通る

ちょっと言い寄る
笑って通り過ぎる
私はむっとする
彼女に或る表情があった
それだけなのに

彼女の身元をと
雨上りの夕方だつた
身を近寄せていた
何事かつぶやいた
馬鹿な男だつた
彼女に聞こえはしなかった

少なくとも百年は独り身で
そこに居るだろう
きっと美しくもならず
年増にもなっていない

私はそう思いつつ
忘れゆく

男　　　一九六四、六、一〇

灼熱の鋼鉄を操る男に
全身の何かを奪われる
赤黒いエネルギー
男の力を束ねる光景
男と鋼鉄の調和

男と生まれた生命は気短
気紛も重なる鉱石だった
練り上げる純度
悪魔の爪も遥かに及ばず
宝石も越えるかに

鉱石が軽くなり
男の外に中点も空間もない
男のみとなる
孤独感はない
幸福の意識外となる

腕よりも柔軟だ
紙に近付く鋼板
鉱物の怒りはどこえやら
すっかり変わる気品
男の気概と勇士以外なし

ダニ

一九六四、六、一二

生きのよいダニは好ましい
骨身のダニが最もよい
数日空腹のダニもよい
とかく活気のあるダニ
それ以外は有害である
満腹のダニを見ると
欲のはかなさを嘆き
身を張る外皮が無様
溺れた肉の水分に道はない
その働きを失う
生き血が体内を濁流する
一つ窓口はある
静な肢体の置場
満腹の嬰児は眠る
餓死するダニは生を知る

初めて死を恐れ
幸福は生なることを実感
生きている道は易い
生きた幸福は程遠い
生なくして何があろう
生き血以外に何もない
ダニは死す
人間くらい憎い相手もない

& あすのない生活は考えられない。あすがあるから生きているのが、人のせめてもの慰めである。あすが遠いほど緊張ももたらされ希望もある。これの全くない人は考えられない。尽きないあすは生きる力であり、生の源となる。これを欠く人は生ける屍であるのは誰も知る。自然の理でもあり皆無の人を見ることはできない。生来の素質であって人生で久遠に続く。悪の道ばかり歩む者も、悪の繰り返しにしてもあすはあり、概念としてのあすが無いはずはない。

平凡な生活に安住する人も、求めているせいかも知れないが、あすを忘れたりしない。安住が不安であるのだ。あすは近くにあると思いがちだが、簡単ではない。一度の躓きで二度繰り返さない変形を企てるが、異常へ異常へと道は反れる。ままあることで、平凡を望んで異常に身を置く羽目になる。しかしあすは失せてはいない。細胞に似て体躯があるかぎり消滅しない。あすは存り続ける。人々に記憶が残るかぎり個人は生きつづける。勿論あすを伴って代謝を繰り返し、エネルギーと共にあすは包蔵される。永久の場合もある。あすは大切な生のエネルギー源で、あすのない世界を求めたとしても、あすを求めている証拠で口実になる。

美しい女と楽園、すばらしい男と勇敢さ、これが交錯したりはしないか、そして、もしやあすが消えたしないか唯一の心配である。

& 二七才！ 大馬鹿者…… 年よそこをのけ給え。

& 日雇いで受け取ったお金はおもしろい。札一枚一枚にその情景が映りだされる。これを眺めていると、日々短篇作を鑑賞している気になる。こうしたのをそっくり化石にして保存できないか、愚か者は思う。こうしたストーリーを郵便局なり銀行に預けるなど、全くもって賢い奴は面憎い。この金銭に蓄蔵されている人生の綾が分からない者は、日雇いの労賃を手にすべきではない。大銀行の蔵のなかで大宴会を終日催すがよかろう。さもなくば生涯で得た金銭を、ピラミッドにするがよい。せめて寺の柱一本を買うもよい。聖職者のすばらしい人格を買うもい。すると我が骨の一本くらいは、後世の人が何らかの口を糊する糧とするであろう。

＆　湯で洗った我が固体は生ぐさい。やはり生きていたのだ。　一九六四、六、二四

＆　何ヵ月ぶりかで、大阪商人らしい商人に会うのも、悪気はしない。どこかホームドラマ的でコメディっぽい。

随筆

何々主義

世に・・・・主義と称し、それで肩肘張ってどうにもならない重荷と悟る人も多いのではなかろうか。それは真実でもあるようで、偏り過ぎて人格も頑なにしてしまっている。

それが真に自身の信ずるものであれば、柔軟性も出てくるであろう。人格は当然多様性が当たり前で、学者や知恵者も極めるのは困難であろう。この識見者が評するのは結果であって内蔵される人格の全貌ではない。ちょうど易者がその結果によって評価され真価が問われるように、識者に於いては結果から起こして如何に理論付けようとなる、その論理によって評価されている如きである。なので自然もまた偶然から生じる面も多いので、学者、知恵者と易者にも当然当たり外れがある。それで複雑である人格に関して主義を固定してしまうのは、余りに人格を無視する行為と思われる。

こうした柔軟さによって、人格の喪失者と蔑視される人もあろうけれど、これこそ人格の戯画であって笑えない。時代によって転向者などとレッテルを貼られて埋もれる人格もある。しかしこれはその人物が人格と治政とを同一化するまでに、拡大してしまった結果である。人格と思潮とを同一視した報いである。人格はあくまで人格として一個人のものにして置くべきであった。

歴史のような大きな存在を持ち出すならば、これは常に一定の方向に進行しているのは否定できない。たとえ一時逆さになったにしろ、それも歴史なのは明らかである。小さな例になる人の一生もそうであろう。その人物の言動一つ一つが、公になればもう変えることはできない。それでこそ主義と言うのを重くするのも理解できる。しかし透視可能な頭脳の持ち主であれば、常に生きた働きをしている潮流である相手に、委ねるのが正解であろう。

人格が大きければ大きいほど　―個人を超えている人格　―その軌跡は確かに印されるであろう。だが潮流に面して我身をあざ笑ったピエロまでの話である。潮流は恐れて余りある現象。それを前にしては人格も主義も大海の藻屑同然。それでもたとえ小さな人格であろうと大きな主義にしても、それを弄ぶのは止めるべきであろう。人格は　―　幼児心理を度外視して　―　幼児のものではないからである。主義では言を待たない。

図書を贈与されること

図書は贈与されたくない物である。他の贈答品もその行為以上には嬉しくはないと言え、その中で図書は特にその感が強い。

とにかく贈答は親しい仲にあって意味も増幅されるであろうし、それでより親しさが増すらしい。友人知人間で盛んに行われている好意の証として意義は大きい。贈答品それ自体も好意と親密度を表すに至るのである。まだ浅い付き合いならば、それなりの仰々しく、ようやく親しみが湧いてきた段階ではややくだけ、そして親友、無二の友になれば互いの内情を告知する顔にもなるのである。こうして人の好意象徴になる贈答の習慣に好きになれない理由ともなる。これはあくまで儀礼の一種だからである。形式にこそ本意が見えたりして親しみに浸るには抵抗も生じる。近づきたい、許しを請いたい、敬いたいなど、気持ちを相手に伝えるのに媒体を必要とし、切り札として物を贈る型があるともなる。ここに無理が挟まれる元があるようでならない。

近づきたいは、とても美しくいじらしいが、これは一方的であり贈答が打診の手段になっている。方法、手段なのでいいではないかと言われもしようが、贈られる側にすれば贈答が右に述べた習慣ふうであるからして、受け手人はその好意を受け入れざるを得なくなったりする。その形式、行為自体が親しみの表現になっているからである。良識ある人こそ受け取らざるを得なくなってしまう。好意の無視は失礼にもなるためである。従って贈答行為には無理強いが伴いがちと言える。

だがこの習慣は無視し難く定着しているので、異を唱えるのは好ましくはない。図書ではそれも容認は難しくなる。図書はそれなりの社会評価と品格を備えているせいだろう。偉人の伝記や哲学書となれば、誰しもポイと捨てる訳にもいかない。一応受取り、さてどうしたものかとなる。図書はその品格のためぞんざいに扱うならば、その者の心を痛める。言わば図書は生きているのである。手持ちの一冊を捨てても他の一冊が、との意を別にして、いずれにしろ生きている感じは抜けない。実際それにはその人の言葉があり、読めばいつも返答する相手なのだ。まして自著であったりすれば、この人の筆はそこにあり、これを捨てるのは絶交も同然となる。相手の放置である。贈られた者がそう意識するのだから相手は当然同様となろう。単なる形式として済ますにしても、後ろめたさに変容してしまう。そこに親しみがあったりするだろうか。図書は生きており贈答の型にはまらなくなってくる。他の贈答品との大きな相違になる。受取人はその図書が受け手と関係なしに、身近に有り続けるのには耐えられなくなる。こうした贈答が真の贈答であったりするであろうか。

医者の印象

名医を選ぼうとする欲望は世間、著作物でいろんな例があるのでは。その行為が不遜にならないとも限らない。患者の卑屈さがそうさせるのか、身分に左右されてのことか、そう映るのは気のせいだろうか。ともかく心地良いとは言えない。

医者は痛みを解決したり出来るのでともかく有り難い。しかし職業上の権威みたいなのが見えたりしていて感じはまあまあになる。名医には接っする機会が勿論ないのであるが、仮にあったにしても、その姿勢に納得する評価は難しい。医者には昔ながらの医は仁術などと厳しい意識もあるのは事実と思われる。ひとの生命を預かるの意と、社会で高く評価される職業にも依ろう。現今の医者でもこの関係に立たされるとも。ここには卑屈さもあったりするけれど、医者と一般人の間がらはこんな形であろう。医者は現在、世間で恐れる相手はいないとの職業にも依ろう。自由業として認められ固定概念にもなっている。医者は患者に恩恵を授け救済する身の意識が強いであろう。そのせいか患者には全人格をもって、受容の立場に立たせようとする印象がある。例えば高い地位者であっても、病床で名医にひれ伏そうとする姿はその最たるものであろう。

普通の医者でも心底特別な意識、普通の人間ではない拝み奉られる身を察するのではないか。常に施しの態度であるのが感じられる。施薬ではやたら多くの薬をくれたり、過去の症状を聞こうとしなかったりである。また言葉遣いが突端から身分差を示したがる。再来になれば長引くにつれ医者の責任ではないと言いたがる。逆らえない相手となる。現今の役人でさえこのケースとなりがちで、彼らには帰りしな苦言の一つも言ったりするのだが、医者とあれば立場が悪く述べず終いとなってしまう。

先生と呼ばれる事例で最も不快な人物が医者となるのでは。代議士先生も学校の教師にもどこか落ち着かない謙虚さが覗かれたりするけれども、医者にはない。医師達は人を見れば患者と映るらしくさえある。なので一般人にもその言動になりやすいのでは。職業上のゆとりでもあるのだろうか、どうしても心のゆとりとは受け取れない。つまりは経済力がそうした人物にさせているのではなかろうか。それ故，芯から遜った医者が居たとしても、昔の庄屋が貧農に向ける視線、見下した温情にしかならない。貧農は庄屋の威光にただただ頭を下げるのみと誇張表現もできる。現今の医者でもこの関係はある。対する人の卑屈さもあろうが、一般人と医者の関係はこんな様子でもある。特殊な社会地位と財力のある者の姿となろう。

それで夢となれば、医者のサラリーマン化になり、すでに総合病院での他、元医師今は福祉施設の職員とか、元医師の現在教師、元医師の列車乗務員、元医師で弁護士、元医師で警官、そして漁師、農民に至ればとなる。世間の多種業界ではそんな例がかなりあるのである。

バザーの流行

経済の不況が原因であるかバザーが盛んである。バザーが学校や教会が行う市と思っていると、昨今は婦人会からＰＴＡ、町内会，町挙げてのバザーと様々である。興味はつきない。こうも多くはいつもの年には市はなかった。農村出の筆者には，バザーらしき催しは村の青年がその年に収穫した作物の中から、優れたのを出品する品評会で見、時には買われたりするくらいである。上京してからもバザーは慈善団体が行うものと考えていた。ところが最近は物品交換を兼ねたバザーが行われ、慈善とは無関係なのがある。ある目的のために催されて資金が集められるのである。ある面では不況の世情であるかもしれない。貧すればどんすなのだろう。

バザーの意味もなるほどと慈善外に様々となる。単に市であってもその名を聞くと、寄付行為の一歩手前を予想させる。貧困のイメージとなる。言葉は根強い性質もあって、使われた世代の風俗を物語っている。代々変わりつつも、そのために意味を取り違えたりする。数年前とは意味が異なっているにもかかわらず、以前の意がしがちなのである。その言葉には申し訳ないにしても経験のある者は不快感をもってしまうのでは。

現在、他人を助けようとの意味ではないのであろうが、現実にはそれを踏襲しているようである。不況下で開催されるのがまずはその理由であろうし、主催者、参集者の階層を如実に示しているにもよる。一流企業が行ったり、資産家が開いているのも耳にもしない。これは、この階層の企業、富豪はその際、バザーよりも寄付をするせいであろう。いつも面子を重んじた方針なのだ。そうなれば当然、小規模事業者、貧民層となる。町内会、婦人会、しかも下町が多くなる。その他地区でもそのパーセントは多い。高層マンション、高級住宅地でのそれは未聞である。いつも見られるのが手さげを持ってスーパーなどを行き交う街なのである。そこの住民仲間が開く習慣となっている。それで他人を救済する意味よりは、互いに不況生活を切り抜けようとなるのである。よそ行きの顔を忘れた付き合いになろうか、手のつなぎである。隣のおばさんが着ていたのを明日は自分が着ている。自分の子が遊んでいたラジオ、楽器を明日は隣の子供がもて遊んでいるとなる。そして、いい品持っていたのねと互いの生活を覗いたりするようになる。まあ目出たく裸の交際が出来る結果とはなる。人が裸の付き合いが出来るなんてすばらしいじゃないか、との考えもあろうけれど、皮肉れた見方をすれば残飯を漁る浅ましさ惨めさともなりかねない。その段階になる前に手を繋ぎ合えないものかと、上品ぶりたくもなったりする。互いの着物、持ち物を分け合うまでに意が通じてまとまるならば、その精神が集中され大変な団結にもなり得よう。バザーをする世直し行為も可能ではと大口もたたきたくなるのでは。他人を助ける、苦しみを分ちあうとは大変な努力と意気込みと言える。この労に比べると自分達自身の問題を自分達自ら解決するなど、問題にならない。意見を吐き多くの人々から考えを集め、まとめることである。真の意見を述べていればいつしか賛同者が増えてくる。一片のパンよりも仲間の笑顔をより多く望めばよいのである。片隅の微笑みは自己勝手そのもの。より多くの民衆の中でこそ、より強くより幸福でいられるのである。一番忘れやすいのは環境である。自分一人が困っているよりは自分が属する地域が窮していなかったり、一地域が困っているよりは自分が属する地域が困窮していなかったりするものである。そこに神経を集中すればよいものを、そこには一個人の自分や一集団が乗じていなかつたりしている。笑えぬ情景である。

とにかくバザー思考法は好ましくない。慈悲に与ろうとしたりはしないよう努めたいものである。同じ基盤に立つ者として、当然の権利で生活の潤いをエンジョイしたい。寄付は努めて止めにしたい善意の代物にも思えてならない。

名画の鑑賞

ついに筆者もゴヤ展、モナリザ展、ゴッホ展と見る機会を持つ。いずれも三十何歳になってからである。それまでは絵画展に入ったのは美術館を知りたい為になり、しかも一回きりになる。これは妻もあり子供も小学生になって、見せてあげたいであったか、自分でははっきりしない。まずは家族としての行動であったろう。

名画にたいして誠に無礼にしても、名画を実際に見たい気持ちも起こらず、宝物を見てもすばらしいとなるかどうかも分からなかったのである。これは会場に行く前からそうなのだから、余程の突飛さ、奇抜さでもない限り興らない感情である。

絵画の場合、誰の作品でも素晴らしいと思えばそうであり、つまらないとなれば、そうもとれる。会場に展示されている限りそれは良い作品であり、作者が力を込めて描いたと思わざるを得ない。素人の作品ならば主催者の選考に適った作品であろうし、美術会員の会場であれば玄人としての力作なのは勿論である。個展になれば、それは専門家の作品に決まっている。してみれば素人が鑑賞しても、作者の力量を認めるのみになり、批判すれば素人のたわ言と罵られるのが落ちとなる。黙っているのが得である。そこは作者が自由で気ままともとれる解釈するのだから、他者には分からなくて当たり前。世の評価に任せるのが利口ともなる。なので無名の作者が描く作品は見たくなくなる。国内のは勿論、外国からの作品でも玄人には分かる範囲の作品も入場したく無くなる。

するとも誰でもが行きたくなるは世界代表作になり、ゴッホ等になろう。実は筆者にもその気持ちは歴然とはしない。結果からはそうなるのであろう。行きやすい、格好が良い、記念になるがそれであろう。気安く渡来する作品でもなさそうで、都会に住んでいればそうした作品を見たとなれば、田舎から来た人に話すにも調子が良く、雰囲気に調和がとれる。しかし筆者自身では定かではない。散歩の気分ともとれるのである。話に肩がこらないにもなる。これがもしも仮にフランスとして現代の有名画家の作品が展示されて、その様子や作品の説明にいたれば、相手が素人であろうと玄人にしても、話がまずくなったりしないだろうか。最たるは作品を評価する知識、基準を持ち合わせていない為である。実際自分の思ったままを伝え

ると すれば、恐らく笑われたり口論になったりする羽目にも。素人の人ならば気取っていると不快になったり、玄人であれば生意気なんても受け取られよう。

それに引き換え、ゴッホくらいになると、もう評価は決まっているのだからその文句を連ねていればいいのである。大変気楽となる。言動に調和がもたらされると言うものであろう。こう述べる筆者はそんなつもりでもないのだが、そうではなかろうかと推測になる。他人にもそうあるのではと思いたくなっている。

名画になると、それは誰でも生徒時代に見聞きし習っている。それも何度となる。好きになれば図書館へ行ったり学習用の全集を買い揃えるたりもする。こうなると固定概念が身に付き、本物に接したが故に鑑賞眼が変わったとはなかなかならない。むしろ実物の貧弱さを一瞬感じたりするのではないか。名画にたいしては尊崇の念があるようで、これが崩れるとなれば内心穏やかでないのは道理でもあろう。それで本物に接したとの喜びのみに終わるであろう。これは田舎から上京、大都会の姿に驚き、著名人を近くで見る好奇心の満足に似ていよう。もの珍しさの欲望が満たされたそれである。実地教育とは似て否なるものである。そうなると名画鑑賞も遊び行楽の一種になってしまう。これは悲しい現象であり時間のロスとも言える。名画は無言であるが、それに時間をかける者の浪費でもある。

名画にはなるべく見に行かないのも一つの案。現物によってこれ迄のイメージが崩れたりすれば悲しくもなる。もともと真意は分からない対象物で、伝統に支えられているのだから、否定は成り立たず何かを明かそうとするのもあり得ない。これ迄のイメージを抱き続ければ十分となる。画集であろうと実物でも、或いは真贋に至っても問題外である。名画はいろんな形で見たくとも、是非とも実物をと熱望するのは考えものである。偉大な画家の伝記は読んでみたいが、その研究書は繙きたくないに相当しよう。

デパート

最も好きなショッピングはデパートである。全体に美しく親切。信用と豊富な品揃い。加えるに知名度の高さとなれば理想であるに決まっている。暇があれば行ってみたくなり、財布に余裕があると買いたくなるのは当たり前。

いずれも最もとなる。最大の原因はやや大衆がかった大型店になるであろう。そこへ行けば並の商品から買い揃えられると、誰でもが思っているであろう。それに、新入りにもかかわらずいつも常連客なみである。好感がもたれるのは論をまたない。

田舎の客が上京すれば一流デパートを案内すれば満足し、商標マークのある包みや手さげに安心して買い物を終えるのである。これはちょっと権威主義の現れで頂けない面もあるにしても、売り手がそのサービスで行き届いていて、買い手は違和感とかは全く無くなっている。其の他デパートによっては遊園地、映画館、劇場、画廊等が併設されていたりする。正に大衆の娯楽場所にもなっている。買手が娯楽目的で訪れるのは勿論、無料の催しになれば売場も覗かずに遊び帰ってよいのである。美しく親切なエレベーターガールに丁寧な案内人の世話になり、悠々と楽しめるのである。デパートは客が多いために個人が気兼ねする必要はない。個人意識さえ無用かもしれない。ただ大勢の中にいる一人として、自分なりに楽しんでいればよいのである。田舎の人も都会人なみに振る舞えばよい。

商標マークの効用もなかなかである。贈り手、受取人ともに喜び合えて、その安心感に浸れる。品物に価値以上の重みさえ付加される。扱い量が大量なのでデパート側はコストダウンにさえなるのでは。包装紙は徹底されている。マークが更に引き立つよう工夫が凝らされている。誠に購入商品が贈与の場合、その価値よりも数段高価な装いで受け手に渡るのである。贈り主も気持ち良く相手様には好意が充分に伝わる。

一か所で用が足りる、これも大きな利点であろう。買い物は街を散歩しながら楽しみたいとの方もいるでしょう。しかし慣れていない人が年に二、三度あるか無いかの東京銀座、または大通商店街に入っても、その地域での品物値段に疎く、とんだ高い買い物をしてしまう羽目になってしまう。費用をかけ時間を費やして高い買物では庶民にとって大変である。浪費となってしまう。デパートならば相場値でしかも手ごろなのを、他の品と比較しつつ買えるのである。それにデパートは大体メーカーの選定も厳しい筈で、品物に明るくない客が購入してもほとんど間違いがない。

更に押し売りしたりはしない。これがすばらしい。ある店に入り適度のがないので渋っていると、親切に絆されてとんだ品を買ってしまうなんてのは惨めそのもの。持ち金に余裕あるならまだしも、予算きっかりのところオーバーでもすれば、食事の一回も節約せねばならない。冷たいとか素人くさいと言う方も居よう。しかし元々デパートで買物しようとする人は並商品を求めているとも言えそうで、手前は無差別の客と心得て行くのだから、人並み扱いで満足である。そこで特別扱いされようとするなら、他の多くの御客を不快にさせ、その人達への妨害行為にさえなる。店員が少々商売人らしくない程度で、これが特色とも言えなくもない。これなのではなかろうか。専門化はとかく居丈高になりがちで、客に不快感を与えやすい。客は大方素人であって、深い知識を求めはしない。その品を使える程度でいいのである。してみれば無干渉に近い世話ともなるでしょう。

でも不安はある。デパートの怖さは大資本により運営されたりする事実である。述べてきたほとんどの利点が大資本なるが故に行える行為あれば、怖さが見えてくる。何と言っても身近な地本商店が不振になり消える。ちょっとした品物を買うにも、交通費をかけて行くとなれば生活の負担は大きい。時には交通費の為に余分に買うことにもなる。弱い者の惨めな姿は、同じ生活基盤に生きる者には他人事と見ぬふりなどは出来ない。無情さともなるのである。

一般人は大資本にあらゆる面で、当たり前ながら弱い。その怖さを知らずに外見のすばらしさに誰もが敬服さえするのである。批判よりは恩恵として与りたくなる相手なのは厳然としている。華やかさがその一つになる。庶民の懐を迷わせて集められる売上金は、一体その後どこに回るのであろう。もっとお客に見返りが増えるとは誰も考えぬ。

儀礼的挨拶

新年になれば年賀状が来る。知っている人から来なければ悲しくもなり、何かをしてあげた方から来れば嬉しい。もつとも簡単な挨拶の一つなのだが、これで新年を迎えた気分にもなれる。たとえ数枚、いや一枚であっても新しい年になったと、声かけてくれた実感がわく。

この葉書に自分の生活模様が明かされる思いがして、ふと生活の綾を考えたりする。それでほくそ笑んだりもする。年賀状の枚数が素直に生活環境を物語り、交際の度合いを示すのである。妻を迎えればその分枚数が増え、子供が学校に通いだすと、遊ぶ仲間で仲良し分また数を増してくる。妻は手を広めるとその分、数を加え、狭めると減少する。自分の社会的位置が変われば数も同時に動く。決まりきった事柄ながら誠にもって生活のバロメーターとなる。年賀状くらいと思っても、生活の縮図になっているのは意味深い。

年賀状でこの感情にもなるのであるから、もしも多方面と重要なポストにある方は、さぞ儀礼上の変化に一喜一憂することと推測される。お歳暮、昇進祝い、婚礼祝い、その他の冠婚葬祭関連と贈答品、単なる挨拶まで、己の生活を儀礼の華やかさによって計られたりもする。善悪、正邪はともかく、生活が儀礼に満ち溢れていれば安泰と言えるのである。これは嬉しいとばかりにはいかず試練にもなっている。宗教の意味合いさえしてくる。自己の生活を制裁するのは儀礼ともなる。多方面に恩恵を授けていると我が身に返って来、より多くの笑顔でさえ温かみが木霊となっていたりする。孤独になってしまえば沢山の儀礼から見放される。とにかく生きている限り何らかの活動を人はする。これは神が存在するかどうかは別にして、神の寵愛にふれるよう生活するのと同じである。我が身が成すがままとはなりにくい。神の寵愛を受けられる行動にこそその真髄がある。自己の信ずるままであるならば、儀礼の神もどこかへ飛んで行き、後には寒々とした我が姿のみがある。

センチメンタルともなろうけれど、生きる姿がこうも儀礼に取り付かれているかと思うにつけ、慨嘆するのみである。承知ながら自分もその慣例に従って生活しながら、年賀状にまつわる情念に誘われたりして、なんとも複雑になる。我が身の境遇を憐れむのか、逆境に抗う強がりか、いずれにしても儀礼の貪欲な性質には舌を巻くのみである。値段が折り合わなければ失礼する、愛情が薄まるとお終い、身が危険ならば友人知人も見放す、暖かければ陽の当たる場へと、こうもはっきりしている世に、儀礼なる付加物がもたらされた、わずらわしさ冷酷さは吐き気も伴っている。

美しさ醜さが表裏をなしている例と気にしなければ、それで済むのであるが、こうも美醜が一体となっているのも珍しい。緊張を伴う儀式の初歩と見るならば、神々の階段を登る姿の何と恐ろしい現象であることか。ギロチンへの踏み台に乗るも同然である。儀式に臨むことは、その裏に恐ろしい刃が控えているのを覚悟せねばならない。それにしても儀礼が生活の一部である限り刃を背に生活することになる。美しいものを見る時いつも儀礼美に恐恐としているともなる。安易に美しさを求めたがるにつけ、出来うればこの美を追い払いたい。

音楽愛好

音楽も学問として成立する以上、音楽は音楽でしかないとか、音楽のための音楽とされたりして、これが常識とされたりする。

けれども、この考えで音楽に携わっているとどうなるか。骨董屋か考古学に没頭する人になれても音を操る音楽家にはならないであろう。この音楽家もかなり面倒で、作曲家、演奏家であるか、解説者、評論家であって、その論で当該の楽曲に影響を与えようとしたりで、全学問に跨ったりもする。音楽は専門研究，言わば学問のための学問は別にしても、明確には掌握できない抽象性に富むのは確かなのではなかろうか。

そこで音楽を聴く者として、音楽の好みを日ごろ考えていることがある。それは音楽の愛好および、愛好者についてである。

通常、音楽が好きだと言う場合、それは何であろう。全音楽であろうか。それは否定しよう。クラッシックが好きな人にジャズを聞かせても、あまり良い顔をする筈もない。両方好きだと語る人も状況を考慮してであったりしよう。日本民謡好きの方にフォークソングを聞かせると気を害するかもしれない。そんな具合に音楽にも好みがある。花であれば大体美しいと好かれるのに音楽は逆に嫌われたりもする。音楽はこのように人によって受け入りが異なってくる。これがそもそもの疑問である。例えば日本民謡の好きな方はお年寄りに多かったりする。これはいつの時代も変わらない習性とも言える。ところで諸理由があろうけれど、これが服装にも似ているともなる。音楽受け入れの有様である。ひょっとすると理屈抜きの生活そのものかもしれない。これに対して極をなすのが童謡ではないか。この辺りから生活と音楽の習慣があやしくなる。子供は好んで流行歌を唄い日本の民謡も唄う。世界の民謡も堂々と唄っている。ここらで音楽と生活習慣も分からなくなり始める。

子供がいろんな歌を唄っているのが、ある程度音楽の本質を示しているようでならない。子供は頭で考えて歌選びをしているとは考えにくい。大人も普段そうであるが、耳にした歌、調子のいい歌を片っ端から覚えて唄ってしまう。本人は結構楽しい。子供はこれで満足。大人はとなるのであるが、これも耳から入るのを覚え、加えるに昔になる学校仕込みの教科書の歌を覚えていて唄うのである。子供は特に闊達に歌を楽しむ。これは唄う一部分であっても、その旺盛な受容ぶりには驚かされる。

音楽を愛好すると言うには距離があり過ぎ、適当な行動となるでしょう。しかし音楽愛好とするには論外となるにしても、音楽愛好の原型があるようでならない。子供が唄っているのは、そこに歌があるからなのと、学校で教えられるためです。大人でも本質ではどうかとなる。これもどうやら大同小異である。大人も身辺に流れている電波で聞く音楽、地域で唄われているもので大半は満足さえする。それは流行歌になる。他の柱はポピュラーと呼ばれる海外の軽音楽になる。これらは巷で唄われていて、人々は自然に唄うともなる。しかもこれが一番唄われる結果ともなる。何十万とか何百万枚のレコードが売れているとか。

ではクラッシックや民族音楽ではどうか。子供の場合とは違って学校教育がある筈もなく、過去の音楽教育はあったにしても、頭に残るのは超有名民謡くらいで、一般には教育されることはない。それでも大人は教科書ふう選択をしているようにも思える。それがクラッシック、民族音楽等になるのではなかろうか。努めてそれらを選び好みにしているようなのである。至極最な話ともなる。他方こう述べるのは音楽好きの方々を中傷する不届き者ともされよう。その地方の土着の歌、日々耳にする歌が聞くに堪えないとするのは、どうかと思われる。高級と称される音楽、逆に卑俗とされる歌は別にして、単なるメロディーによって軽快気分となり、叉は悲壮感に取り付かれたりする。これは大まかに言って一様とも思われる。歓喜に満ち溢れる日、それなりのクラッシック音楽が耳元で鳴る、死に際して同様に葬送行進曲が聞こえる人は、有り得たとしても特殊な人でしょう。チャイコフスキーの「悲愴」でもよい。

クラッシック、民族音楽、シャンソン、ジャズ、タンゴと、様々な音楽が愛好されるのは、仮に心底魅了されている人であっても、それが外国語のせい、高度の音楽形式によることもあるでしょう。その威光にさらされていつの間にか、それを鑑賞するのが音楽を楽しむとなっていたりするのでは。結果はいろんな形、音楽趣味、音楽好き、好きな音楽と変容するようでもある。こうした傾向の現れ，尾みたいに覗かれるのがオペラのアリア、交響曲の序曲、行進曲、あるいはセレナーデ等の小曲がある。レベルの高い音楽愛好家にしても、好むと見られのからして、敢えて愛する音楽と決めているようである。むしろ愛すると表現するよりは、こうした音楽を楽しむのが音楽愛好家と称しているようである。音楽は宗教性と享楽性を備えた相手であるだけに、この印象が強いのかもしれない。両面性で誰とはなしに音楽へその名を胸に刻み、そう感ずべきとしてしまうのでは。

ともかく音楽は人を酔わせる抽象の権化と申せよう。

女性の下品

ひとは生まれながらにして性をもって一大差別におかれるとも考えられる。これが社会上の必然かどうかは別にして、男性と女性の性別だけは当たり前な区別である。にもかかわらず諸種の矛盾を含んでいる。

人は平等を理想とし、その希望の歴史でもあろう。その中で男性と女性の区別も一歴史をなしていよう。近世では女性の解放はどれくらい繰り返し叫ばれていることか。女性史には記されている。風俗史にも現れる。男性と女性の問題は風俗として示される。社会観がもたらす現象であろう。社会が認める形である。

とすれば未承認の場合はとなる。そこが両性の自由な環境にのみ任せられた社会とするならば、果たして両性の平等な行動がとれるであろうか。恐らく争いは避けられるにしても、女性は男性を受け入れようとするであろうし、男性は女性を庇おうとするであろう。自然な異性間の本能が働くと思われる。いつの世もこの形で両性の均衡が保たれたと推測する。まずはこの形は永久に続くかもしれない。本能に根本があるとすればこの関係は崩れ難い。

本能に根差すとすればこれはとやかく述べるのは邪道で、如何ともしがたい。それにしても、これが高じて、女性は世に対して甘えていられる人種、男性は能力が不足でも女性に尽くさねばならない、これは問題である。世には利発な女性も多く、どうして斯くもつまらない処遇に甘んじているのか、分からないこともある。優れた頭脳の持ち主、力量観あふれる肉体女性、すばらしい美人が大半、その才能を食い物にされて地位を守る姿はいただけない。彼女らの能力が本質となって十分に発揮されているとは、決して言えない。偏った能力の働きをしているだけである。彼女達がその本質の能力で、しかも適格な地位にあるとも、ほとんど言えない。

女性は補助人間で家庭を築く役割と見られがち。家庭に留まりたがる。子供の面倒も見たがる。立派な家に住みたがる。財産は握っていたがる。着飾ってちやほやされたがる。ともかく可愛がられ好かれたい。子供っぽい面も。更に長い計画は嫌い。理想はあまり持たない。責任をとりたがらないし、そのような立場に身を置くのを好まない。言わば女性は気楽に生きようとするかの如くである。

こうした傾向は体質や環境から来る結果であろうけれども、隣で斬殺刑が執行されようと、生活が守られていれば良く、男がどうなろうと身籠った子が丈夫であれは良いになるのでは。また世がどう変わろうとひたすら順応する。一方、失恋や自殺もかなりあるらしい。この状況に近いとなれば、女性の方が多いのでは。それと言うのも他人に頼ろうとするせいではなかろうか。男がいなければ生きていけないが、どこかにあったりしないだろうか。恋しさと依存心になろう。それに安易な考えが先に立っている。しかもどうにかなるの依存心も加わっている。この依存性と先の従属性が抜けない限り、女性は信頼が薄く、負担が重くなれば別へ向き、あるいは自殺で逃れるになる。建設的からは遠く離れてしまう。つまりは後ろ向きの人生である。すばらしいファッションに身を委ねようと、すぐに散ってしまう花となる。これが高度な文化の曙であったりしようか。社会に追随して甘んじ、身の周りを小ぎれいにしているだけになる。

すばらしい女性の出現は、哲学するくらいの人物、家庭で子供を育てるよりは自ら社会的な子を世に送り出すこと。個人に傾くよりは社会に目を開くこと。美しい女性よりは信頼できる人であること。これ等より生まれるのではないかと勝手な考えにもなる。

春

誰しも暖かい土地、暖かい住い，温かい衣服、そして心にまで肉感が伝わる温もりの感触を求めてやまない。温度の作用が人には敏感に影響するようである。勿論これらは適温であって、植物が生え繁り水が豊富、湿度も適応されているなどになる。この度合がスムーズになっているかを探求する歴史であり、生活の向上志向とも言えるかしれない。自然な生活が限界近くなると科学の力で人は快適環境を案出する。自然に恵まれた土地に発生した文明がつぎには高度の科学技術を要する環境へと生活基盤を変更する。自然の力にも優るとも思われる科学の発達で、人はこの快適な条件を人のみで創出しうるかの如くである。しかし幾らこうした科学の働きで快適な生活が可能となっても、依然として自然な温かさを求める気持ちには変わりはない。

南極とか北極、あるいは砂漠に科学の粋を集めて快適空間を築いたとしても、春を求める気持は同じであろう。温度がその源となり、それに他の生物の作用で華やかに新鮮な希望の光を放つ。人々はそれに左右され温かさのみでも希望と開放感に満たされ、喜びに浸されるのである。自然が織りなす新鮮な息吹に誰もが酔いしれる。他の季節、特に冬があるために春を迎える歓びは大きい。草木の芽と花により人々に同様の感情を起こさせるのも理由となろう。この春を知らない風土に理想の環境を創造したとしても、春の気分は到底味わえぬのでは。春は快適な温度と人をして前向きにさせる、夢にも近いものを擁している。移植された花はあくまで不自然さは残り、山全体あるいは地域全てを覆う情景とは異なる。まずは、おおらかさ全身の落ち着きが別である。

この春にとやかく理屈を付けるのも、間違いとなるのではないだろうか。春はとても素直な自然環境である。誰もが望む季節で理想にもなる。冬との対象で喜びともなるの回りくどさも不要。春をパラダイスとする理由もいらない。快適な国であり島なのである。そこを訪れるならば、文句もいらず生きるすばらしさを噛みしめる。添えるものは要らず、そのままである。そこには厳格さや拘束は何もない。必要としないのである。周囲に溶け込み寛んでいればよい。春とはここにあるとも言えそう。

そうであれば、この春と対極となれば、しかも日常となっていると、悲しい現実である。長い冬季状況にある人、一般には生まれながらに知り得ない人もあると思われる。春を自分達の影のせいで美しいとされたりするのは悲しい。春はそうした作用とは無縁である。春は穏やかで常に前向きである。反省を促したりするのは別の季節、秋となろう。春は涙を誘ったりはしない。ほころび落ちそうな笑顔、歓喜以外は存在しない。

けれども実際となれば、この理想の型にはまるのは結構少ないかしれない。いろんな理由から窓辺で春の香りを嗅ごうとしていたり、落ちぶれた姿で春の陽光に当っているのも見かけるでしょう。この季節に埋葬されるのも他の季節と同類ではある。この環境で春を迎えるのは無慈悲である。楽しい筈が逆に悲しみを増すなどは皮肉では済まされない。喜びの裏には悲しさとか、因果応報を持ち出したりするのは、春を喜びえない者の戯言である。春は前向きなのである。どうして春によって苦汁の想いに戻らねばならないのか。この後退感覚で理解しようとする人は責めを受けねばならない。その人達は春を仇に散ってしまうであろう。

この春をもっともっと素晴らしい季節と、人倫の里にするためにも、どうしても本来の雰囲気を維持しなければならない。春にひけめを感じない、汚さずに済む、積極的に受容する、この努力をすべきである。心底楽しい春を迎えたい。

裁判に身を挺すること。

裁判をすること、提訴はいずれにしても、常人とは異なる性格を有する証のようである。なぜなら常人は通例、諦めに甘んずることで生活を守ろうとする気持が強い。この思考によりある程度世間を平静ならしめているともなろう。皆が皆ひとこと起れば提訴するとなれば、世の中、平静は保てないであろう。平穏と我生活の温存、こんなところから提訴は制御されてもいるのであろう。これが常人の生活態度、その工夫となっていよう。

それならばなぜ提訴に持ち込む人がいるのでしょう。これは右の現象を裏返すと済む考えにも成りやすいが、ここにこそ世の進歩改革があったりして、それに人生の面白さも加わる。たとえ異常であったにしろ後者には人生の興奮や味があると言える。普通でないのは確かで反生活行動にしても、その人にとっては、そうせざるを得ないのである。世のためにならない場合も、自分の思考、生活態度を対峙させる格好の機会なのである。それ以外に立場、方法はないとなる。甘んずればその者の生活行動を自ら苦境に追いやり、かと言って生活パターンが好ましい方向に進むとは誰も保証しかねる。そうなれば提訴が、最も我が心の満足と充実感をもたらす。

提訴は他人が見ればあまり利口には見えず、強情と慣習を破る行為とされがちである。同じ社会に暮らしていて争うのであるから、当事者がそこから浮き立つのは勿論である。良きにつけ悪しきにつけ、浮き立つ者は普通、異常と見做される。世間に名声を誇る人物にしても、そこでは自分達と違う型の人になり、珍しさに過ぎなくなる。聖人、偉人であっても祭事に尽きるとされたりもする。政治が前に出なければ、人々は生活の息抜き手段以外に意味を持たなく成りもするのでは。そうした故人の存在が自分達の生活であったりはしない。ただ暮らしの潤いにはなっている。

他方、思わしくない相手、例えば提訴する者には我ままな人、奇人、常識を欠く者とされたりする。陰ながら支援する人々も勝てば、うまいことやった、負けると、世はそんなに甘くない、とされる。いずれにしろ、大して手前には関係のない事件とされ忘れ去られる。憐れんだりもする。

こうして提訴する者は往々にして軽んじられるのである。それは敢えて我が身を賭けに処する、知力への抵抗でもあろう。裁判は大方、地に付いた争いとは考えていなかったりしよう。せいぜい贅沢な自己主張ともなろう。裁判行為がある種ゆとりとも取れるのである。どうしても地元では裁判勝利への称賛はほとんど聞かれない。耳にしたとしても，せいぜい大変な利己主義者なり、世間知らずに見られ、村八分なりの視線、そして悪い呼称での進歩主義者となる。

この有様を裏返してみると、提訴しない人は至って保守的でありイージーゴーイングである。社会を淀みの膠着事態に陥れようと、平気でいられる人となる。どんなにつらく見苦しくとも、自ら口を開いて世間の風当たりを強めるよりは、増しの構えである。

してみると、提訴する人は少なくとも自己を主張する人、世の常識に抗う人、現状に不満で進歩を望む人にもなろう。それ故、平穏に漫然とすることなく、常日ごろ問題意識と闘志、少なくも外気を流動させる人になるでしょう。たとえ小さな出来事であってもとなる。事柄が極めて私的問題でも。従ってただ一回とはならないでしょう。一回起こす人は既に数回起こすも同然であり、そうした状況下に身を処す人である。提訴人は思考、性質は変わらないので一回も数回も同じ範囲にある。異常心理と呼ばれたりする。それで提訴は人格の延長ともされうる。当人にすれば一向に気にする問題とはならない。変質者とも見られがちなのだから、一般の関係のない人々とは異質の者と考えればよい。

こう見てくると、訴訟を自ら起こす人には悲壮感が伴う。しかし裁判の仕組みを顧みると、常人とされる一般人の代表でもある裁判官に、判断を仰ぐのであるから、提訴人は一般常人の考え、少なくもそれが代表である裁判官の判断とされて、判決が下されるのである。どうして異常と見做される傾向のある訴えが採用されたりしよう。もし認められるのであれば、今や提訴人の思考、訴えは正常であり，常人となるのである。もしその者が提訴人そのものの人格であったなら、その主張は採用されるまい。さらに勝訴の結果でもあるならば，最早その者は常の人となっているだろう。

ある言葉

言葉について語ったりするようになれば、自分の年齢を回顧や反省に導くことにもなりかねず、そうした大儀にするつもりはない。ふと自分のことでもある言葉の変化に、戸惑うためである。これは環境のせいとも考えられる。同時に生活範囲が狭いためと。こう述べる中にも「ごめんなさい」がどこからか聞こえそうである。それくらい「ごめんなさい」が使われている。この環境に生活していると、とにかく多く耳にする。この言葉の使われ様は激しい。

「ごめんなさい」にも諸種の言語歴史があると思われが、それに関して筆者は門外漢で知識は持ち合わせがない。言えるのは許しを請う意味くらいになる。さびしいけれども、この意について使われている様子となります。盛んに周囲で使われると、やや異質(自分のこれ迄)の社会に入った感がある。田舎育ちの者にはどうしてもこの言葉が、日常茶飯事に使われてはおらず、上京しても生活範囲が狭く(付き合い度合)、そうしばしば聞いてはいないのである。田舎ではとても悪いことをしたり、又は少々気取った人達が使うくらいの、耳にする機会の少ない言葉になる。東京でもある職場、地域では同様に思われる。

それではどうして、こうも「ごめんなさい」を聞くのか。それは職場の転換と販売に携わった関係とも受け取れる。当然より多くの人達に会い、浅い交際に原因があるとは推測されはする。そこに於いて安易に用いられているらしい。大して人間関係を左右する場面ではない時となろう。物を落としたとか計算を誤る等になる。ママ丁寧なので結構いける言葉ともなり感じも良い。でもどこかしつくりしない。何故ならこちらは良質の言葉と丁寧さを想定するのに、極めてあっさり述べられている為らしい。相手との間柄はそれほどには思えず、重大事ではない。そこで、なる程とはなる。それは密接な関係にはない故にあっさり使え、どうして、いい言葉なのであると聞きうる結果となる。

ところで、この例はよいとして、これを使う人の問題になる。こちらにすれば相手はご婦人か少なくとも女性を想像してしまう。生来ひ弱な御子息も入る。これがどうであろう、現在の若者は頻繁に口にするのである。これはどうしてであろう。十年も超える年数で離れた地方へ行くと、いろんな情景を見て今浦島の感慨に打たれるのであつたが、その中で奇異に感じた一つがこれ迄述べている言葉だった。あの頃「ごめんなさい」を口にしていただろうか。少なくも筆者は思いつかない。あの当時は違っていたとしか思えない。環境が変わっているのは勿論、言葉遣いも変わっているらしいのである。

それはともかく、若者の男女を問わず現在は使われ、親しみさえあるようなのである。「ごめんなさい」の使われ様の中、若い男性では異様にも伝わり、再考したくもなっている。余計な前口上ともなるけれども、現時点ではそう思ってしまう。使用は大抵女性らしく「ごめんなさい」となっている。これが妙に聞こえるそもそもの理由。女性ならば優しいお嬢さんと好感はもてるにしても、男になれば異様な当世風になり、いやらしいの感情も起こる。これが乱暴に述べられると、いかにも不似合とともに言葉が死んでしまう。ここではむしろ使わない方が増しである。本来、許しを請う意があるせいでしょう。威勢のいい男であればもっと適切な言葉はある筈です。そしてその男性の人格も生きてくる。

それではその中間はとなれば、その適中率はかなり難しいのでは。これがスムーズに使い熟せる人は、既にもっと良い言葉を自在に話し、「ごめんなさい」はより事態にマッチする空気のもと表現すべく温存しいるようにも思われる。そうした品格の人になっても言いずらい言葉ではなかろうか。人間関係とその密度に調和されていなければ、ちぐはぐに聞こえるによるでしょう。それでこの言葉を話すにはある配慮と良識が必要となるのでは。むずかしい言葉ではあるようです。きく

この言葉にも例外はあります。子供が話すと非常にスムーズなため、聞きやすくやさしさがある。これはどうしてか。いろいろ理由はあろうけれども、筆者にすれば(直感)、それはこの言葉を無造作に話すに適した立場にあると考えられる。子供は女性的な方が利口そうで受けも良い。子供は押し付けられている境遇にもある。それで「ごめんなさい」はぴったり合っている様子にもなる。それに自由な覚えで話しても、大目に見られる傾向もある。ちぐはぐもほほ笑みぉもって見過ごされる。曖昧な言葉も気楽に話せる子供には、この言葉が話し易いのであろう。

話は子供に移ってしまったけれども、大人であり社会人の若者にとって、子供に似た言葉遣いは妙に思うのも一理ありはしないだろうか。

聞き易い言葉

言葉は文字通り、どこに於いても意思疎通手段に使われているが、これがどの様に使われるかの適応方法によって、ある時は心地良く、ある時は不快になりもする。快適に伝わるのはそれがぴったり当て嵌まるによるのは勿論である。職場の種類、立場、性別など、その条件は沢山になる。極めて当然なので脇に置くとして、実際に感触の良い言葉は、状況判断プラスよく練られている。それは言葉の選択と意がこもるともなる。

選択は一つの技巧であり意図されているのは当然である。感情をコントロールし、冷静な頭で的中するのを選ぶのが大事である。ここでは言葉が選ばれていて角張らず、まずは誰が聞いても難がないになろう。これはいろんな職業の方々が長年の経験で得た結果であって、とても自然で心地良い．たとえ際立つ例でも奇妙にはならず、スマートに耳に入るのである。身近ではエレベーターガール、バスガールの声になるでしょう。誰もが満足できる言葉となっている。銀行員の使う言葉もそれになるでしょう。これ等はいずれも本来は普通とはかけ離れた、かなり作られた文句を用いているにもかかわらず、応対される人達は良好に受け止め、不愉快になどはならない。そこでは気取りとか浮ついた態度と指摘して、避難する人はほとんどいないであろう。誠にその場とマッチしているのである。事務のトラブルは別にして、誠に滑らかと申してよいでしょう。言葉の滑らかさは感情、手順の滑らかさにも通じて、その場の空気は極めて良好になるとも。

言葉にこもる感情面は特に重要。相互に知り尽し理解され尽すとなるでしょう。したがって余計な文句は必要がない。ここで軽々しく話したりすると、せっかくの理解が消え失せ心を痛める。極端に述べるなら、田舎での余り考えない言葉は挨拶程度となる。これは決まった型があるので簡単に口にして、済ませていられる。都会ではこれが大切であろうに、田舎ではあっさりと交しうる。重要なのは互いの理解度にあり、百を語るよりも普段の振る舞いが込められていれば済んでしまう。不適当な意見であったかもしれないが、これに類するのは口下手の人、くちが重い、内気、閉鎖的性格、これ等の方には当て嵌りはしないだろうか。

結局この方達には、言葉を使う側よりか受け手(言葉控え目)にまわり，心労を省こうとするのではないか。言葉の選択は難しく感情の表出もそうである。これにはどうしても日常の暮らしを基盤として、共に経験する以外になさそうである。

言葉がこうして話されるとすれば当たり前の姿と言えよう。安易に話そうとすると共にそれで満足するのは軽率となろう。

こう大まかに見ても、本質と技巧の双方に於いて言葉の難しさが分かる。いずれ劣らず日頃の努力にかかっていよう。

この様子を特別に取り上げ、考察しようとの考えはない。時折り気にしているとなり、言葉が異様にもなりうるとの思いである。相手の感情が普通の状態言葉になっていると、理解に苦労するともなる。ふざけているのか真剣か、常識不足か軽蔑なのか、よく真意はつかめないとなってしまう。例えば「・・・か」「・・・かな」「お前」「俺」「・・なんだろう」を女性が口にすると面くらう。男性では「ん」「そうか」「ごめんなさい」「いけない」「どうしよう」「・・・だな」「・・だ」など話されると相手はやさしい男なのでこうなるのか、親しみを示しているのか、あるいは威厳であるかがはっきりしなくなってしまう。話される者からすると理解できてこそ言葉に意味も生ずる。人物と言葉、行動と表現がちぐはぐであると戸惑ってしまう。相手の言葉遣いが変わると、自分が世間から置いてきぼりにされたか不安にもなり反省にも傾く。若い世代の人ばかりならまだしも、年輩の人達がそうであれば不安は募る。別世間の錯覚にもなる。より多くの人々と接っすれば接っする程、又は多階層の人と接っするにつれて、日常の言葉遣いが言わば女性的、なげやり、非常識使用、これ等が目立つとすれば気にならないだろうか。言葉のマジックはあろうけれども、それに惑わされるのは御免である。

姓で呼ばず名で呼ぶ

最近テレビ、ラジオを見聞きしていて、訪問者が予定の人に会い、性ではなく名で呼ぶのには不思議な思になりもする。これは筆者が年老いたせいと考え直したりもしている。

筆者くらいの年齢者は、以前には年上の者、特に高齢者には名で呼んだりはしていなかったと思うのである。まず、そうした呼び方は出来ないと思われた。極めて生意気か、全く相手にされない愚か者、とされる風潮であったようである。訪問者はこう見られるのを避け、使用が相応であったにしろ、尻込みしたであろう。誰しも好感を持たれたいのと、訪問者自身にもプライドがある。或る家族を訪問して、そこの祖父として尊敬されている方に向かって、「・・さん」と名で呼ぶのは普通は出来ない。失礼以外の何ものでもない。そこに存在する空気を読むとなる。違う例にするならば、どう見ても家庭の管理等、祖父は担わされていなく見える場合でも、昔ながらの「おじいさんは・・・」と話しかけても決して不自然ではない。その家庭では孫達がそう呼んでる筈である。名呼びは調和がとれない。最近は高齢者の一人暮らしも多い。そこで親しさを込めたつもりで名呼びにすると、その人は元役所の管理職であったり、一人になる前は社会貢献の高い方であることも。更に立場は違うにも、一人ながら住居を構えているのは、紛れもなく一住民で人格を持っている。これらの人々に名呼びは不調和にして不自然なのは間違いないのでは。家族主義と呼ばれるかも知れないが、わが国の習慣であるのを考慮ずれば、いまさら変えるまでにはならない。奇異な感じを取り去る努力も意味はない。封建主義の名残とするのも大同小異となろう。古いのにも使いやすく親しみがこもるのもある。尊重される類の伝統がそれになる。これを排除しようとする者はすくない。理不尽のものだけがその対象となろう。敬意、尊敬をもって呼称される言葉が、不快やぞんざいな印象を与えるとは考えにくい。むしろ長く使われ、保持されて良いものなのである。

年寄を名で呼ぶ(他人)のを見る時、相手が昔風に〝薄馬鹿〟〝塵芥同然〟なり〝吹けば飛ぶような者〟に思えてならない。昔の尺度で計るのも問題ではあるにしても、新しくなってもその変態したのは残るのでは。その形がどんなものかは掴めないが、密かに心の奥で皆が承知していると推測する。それが証拠に、正装した者を相応の場で年齢、地位、その雰囲気上、名で呼ぶ者はまず居ない。

ここまでのは、相手を差別する次元とは異なることを付け加えておきたい。

そこで少々述べたいこととして、テレビのインタビュー番組になる。家族がいる室内でお年寄りを名で呼ぶ情景である。たまたま見たともなるけれども、その番組担当者は、まじめに採録しているとしか思えないのである。いい加減ではないため余計に情景のギャップとなる。

こうした番組になると、いつしかコメディふうになっているか、海外担当慣れして、帰国しても口にしているともなる。こう視聴者も軽い番組としたくなる。仮定として、そうした番組で一般参加者が担当のアナウンサーなりに〝・・さん〟又は呼び捨て、〝・・君〟などと話すならどうなるか。たちまち番組がくずれかねない。約束ずくや予定になっていても、視聴者には不愉快でスイッチを切るであろう。国営のアナウンサーであったにしても、こうした風潮が国民の言語形態を変えたりするとは思えない。そうなれば無理のかかる適当に演じる、時間つぶし番組となり果てる。しかも上部からの指示であるとすれば、何をか言わんやとなる。

年寄の冷や水になろうけれども、言ってみたくなる。現今はおじいさん、おばあさんの呼び名が、失礼に当たる表現になりつつあるようであっても、考えてしまう。言うまでもなく、中年、高齢者に余り親しくもない他人が、性で呼ばず名で呼ぶのは、国民性、民族をも無視すると大げさにも表現できる。戸籍と住民票が残る現在、姓を軽視するのは人格の無視とも言えなくもない。

◎著者略歴

秋野一之

昭和12年、北海道上士別村生まれ。旭川東高校卒業後、中央大学第一商科卒業、文部省図書館職員養成所卒業、東京教育大学特設教員養成部中退。諸種の職業を経て、蔦文庫を創設、出版と書店を自営。小説、詩を創作し続け、『あゆみ』『美しい惑い』『窓辺』『赤塚情話』『遠い妻』『血の晩』などの著書がある。

奥山と七とくナイフ

発行日　2023年4月18日

著者　秋野　一之

発行所　一粒書房
〒475-0837 愛知県半田市有楽町7-148-1
TEL(0569)21-2130　FAX(0569)22-3744
https://www.syobou.com　mail:book@ichiryusha.com

編集・印刷・製本　有限会社一粒社

ISBN978-4-86743-171-9 C0093